身ごもり契約花嫁

～ご執心社長に買われて愛を孕みました～

m a r m a l a d e b u n k o

砂川雨路

マーマレード文庫

身ごもり契約花嫁
～ご執心社長に買われて愛を孕みました～

プロローグ

唇に押し当てられたのは、私よりずっと冷たい唇だった。

「んんっ」

私は混乱して呻(うめ)き、目を大きく見開いた。

後頭部は壁。目の前には私の唇を蹂躙(じゅうりん)している男。端正すぎると思っていた顔面は、近すぎてよく確認できない。

「んーっ」

唇をこじ開けるように舌が差し込まれてきた。『何するのよ！』と怒鳴りたいけれど、驚きすぎて言葉にならない。いや、そもそも言葉を発する隙もない。

唇とは裏腹に熱い舌は、私の歯列を押し開け、口腔(こうくう)をまさぐる。足りない酸素を取り込もうと無意識に唇を開けたのが悪かった。まるで合意を得たと言わんばかりに、舌は私の奥深くに滑り込んできた。

熱い。冷たい顔と唇からは考えられない。この男の内側はひどく熱い。

でも……でも、そうじゃなくて！

渾身(こんしん)の力で、私は男の身体を突き飛ばした。均整の取れた筋肉質な身体を跳ね飛ばすことは叶わなかったけれど、どうにかキスは中断できた。

「……なんだ、ファーストキスだったのか？」

ぐい、と自分の唇を拭い、紅を落とすと、名瀬斗真は低い声で尋ねた。馬鹿にしたような口調だ。

「ち、違うわよ」

怒鳴ろうとして、私は声をひそめた。控室の外には多くの人が行き交う廊下があり、その先には今日の会場がある。そして、いつこの控室に私たちを呼びに人が来るかわからない。

何しろ、今日の主役はこの男と私である。

そんな状況でなんの前置きもなくキスしてくるとか、何を考えてるのよ。

「なんで……」

「くだらない質問だ。俺は俺の所有物に、好きなときに好きなことをする権利がある。なあ、久谷まどか」

名瀬斗真は冷たい表情で私を見下ろした。さっきの激しいキスと温度差がありすぎて、頭が混乱する。

いや、翻弄されている場合じゃない。私は負けじと睨み返した。

「こんなときに嫌がらせ？　ふざけるのはやめて」

「ふざけてなんかいない。婚約発表のパーティーはこれからだ。なお、初夜は今夜。上階にスイートルームが用意されていることも知っているだろう」

　ぎりっと唇を噛みしめる。

　名瀬斗真は私の顎を人差し指で持ち上げ、酷薄とした瞳を近づけて言った。

「おまえは俺に買われたんだよ。いい加減、自覚しろ」

　控室のドアがノックされる。

「社長、お時間です」という声。出番だ。

　私は彼の腕を力いっぱい振りはらった。

　それからひとつ嘆息し、嫌々ながら彼の右腕に左腕を絡めた。まるで仲のいい恋人同士みたいに見せるのは、今日の役目のためだ。

　ホテルカドクラのバンケットルームには多くの客が招かれ、私たちの婚約披露の挨拶を今や遅しと待っているのだった。

買われた花嫁

「皆様、本日はお集まりいただきありがとうございます」

名瀬斗真はマイクに向かい、声を張った。よく通る綺麗(きれい)な声だ。

広々としたホテルカドクラで一番大きなバンケットルームに集まった人々は、壇上の主役を見つめている。

二藤(ふたふじ)商事の若き社長・名瀬斗真の姿を。

シャンデリアとスポットライトに照らされた名瀬斗真は、客を見渡し、鮮やかな笑顔を見せた。

「二藤の社長、自分の婚約くらいでわざわざ呼び出すな……そんなふうにおっしゃる方も多くいらっしゃるのではないでしょうか」

名瀬斗真の冗談に人々から笑いが漏れる。

「もちろん、私の幸せな婚約を自慢したい気持ちもあるのですが、今日は喜ばしいことのご報告です。もうご存じの方も大勢いらっしゃると思いますが」

合図し、登壇してきたのは私の父だ。

あまり体調がよくないのに、名瀬斗真の横に並び、微笑(ほほえ)みを見せる。そんな父の姿に胸が詰まる。

会場を見渡し、名瀬斗真はこれ見よがしに父と握手をした。

「このたび、株式会社クタニが二藤商事と経営を統合し、心強い仲間となってくれることが決まりました」

おお、という歓声とともに拍手が巻き起こった。ここに集う人たちは、クタニという中小企業の名を知らない人も多いだろう。しかし、あのコミネ紡績の代理店と言えばわかるはずだ。

「クタニはご存じの通り、工業用繊維メーカーの中でも特殊繊維に特化した、コミネ紡績の第一と言える代理店です。コミネ紡績が独自に開発した特殊繊維は、国内大手企業から海外の宇宙開発の分野までシェアがあります。恥ずかしながら二藤は、工業用繊維の分野では他社に後れを取ってきました。クタニが二藤の仲間入りをすることで、私たちは大きく飛躍できると信じています」

名瀬斗真が端正な顔に社交的な笑顔を貼りつけていた。三十二歳という、大企業を束ねるには若すぎる社長は、尊大にも傲慢(ごうまん)にも見える。

しかしその容姿と、すでに明らかになっている経営手腕から、とてつもなく魅力的な男に見えた。

「久谷さん、こちらへ」

父は一礼し、名瀬斗真に代わって挨拶をする。

「ご紹介いただきました久谷と申します。このたび、株式会社クタニは二藤の一員として、新たな門出の日を迎えることができました。名瀬社長のお力添えに感謝し、よりいっそうの発展に、微力ではございますが尽力する所存です」

拍手が再び上がる中、名瀬斗真は微笑みながら父に会釈し、数歩引いた位置にいる私に『おいで』と合図を送ってきた。

その完璧な笑顔を苦々しく思いながら近づくと、いきなり腕を取られ、腰を抱かれた。さらには愛おしげに見つめてくるのだから、なかなかの演技派だ。

「ご紹介します。私の花嫁、まどかさんです。久谷社長のご令嬢です」

客の視線が名瀬斗真から私に移る。微笑まなきゃ。ニッコリと、嬉しそうに。この婚約が円満なものだとアピールしなければいけない。

だけど、私はひっそりと口の端を持ち上げる程度しか微笑むことはできなかった。

私の出来の悪い笑顔に何か言うでもなく、名瀬斗真は正面に向き直る。

「久谷家と名瀬家は晴れて家族となりました。今後ますますの発展を遂げるであろう二藤の未来を祝して、乾杯にお付き合いください」

配られる上質なシャンパン。集った招待客の笑顔。そして、横にいる未来の夫の見事な演技。

華奢なグラスと繊細な泡の向こうにあるそれらを、私はうんざりとした気持ちで見つめた。

「乾杯！　今日はみなさん、楽しんでください」

なんて綺麗に作り込まれた茶番だろう。

私のため息をよそに、会場は明るく華やかなムードに包まれた。それは名瀬斗真の作り上げた空気だ。

この男は、社交の場では優雅で明朗な男を気取るのだろう。それが仕事だと言わんばかりに。だって、私相手にはまったく紳士的ではないもの。

「おい」

シャンパンをさっさと空け、壇上から下りようとする私を名瀬斗真が呼んだ。

ぐいっと左腕を掴まれ、引き寄せられる。

お芝居の続きらしく、表情だけは穏やかな笑みをたたえている。しかし、茶色の瞳だけが笑っていない。

先ほどの強引なキスが頭をよぎり、私はびくっと身体を震わせた。強張った私の顔を大きな身体で隠すようにし、名瀬斗真はささやいた。

「もうちょっと愛想よくしろ。おまえの仕事だ」

傍から見れば、きっと仲睦まじい婚約者同士の内緒話に見えたかもしれない。私はふてくされた顔のまま呟く。

「……言われなくてもわかってます」

「言われなければわからないのかと思った。ひどい仏頂面だ」

吐き捨てるように言い、名瀬斗真は私の腕を解放する。それから、自身は集まった客の元へ笑顔で向かうのだ。

その背を蹴っ飛ばしてやりたいのを我慢して、私は降壇し、父のいる会場の隅へ歩み寄った。

「まどか」

「お父さん、体調は平気？　もう少ししたら車を回してもらうから」

「私はいいんだ」

首を左右に振って表情を曇らせる父を、抱きしめたい気持ちでいっぱいだった。

だけど、私たちは〝幸せ〟なフリをしなければならない。

二藤商事の一員になれた栄誉を喜ぶ父娘でなければならない。

どれほど、それが屈辱的なことであっても。

＊　＊　＊

株式会社クタニは繊維の専門商社で、父は三代目の社長だった。

私が生まれた頃に、祖父から社長業を継いだ父は、堅実な経営を守ってきた。穏やかな性分で、一国一城の主（あるじ）としては少々優しすぎる人なのかもしれない。だけど私は父が大好きだった。

「いつか私がこの会社を継いであげる。女社長よ。クタニをもっともっと大きな会社にするの」

私の生意気な宣言に、父はいつも微笑んだ。

「まどかは頼もしいなあ」

両親には私しか子どもができなかったから、跡継ぎも私だけ。幼い頃からクタニは、私がいつか背負って立つものだった。

あるいは両親は私に、無理に跡目を継いでほしいとは望んでいなかったのかもしれない。信頼する部下たちに会社を任せ、私には幸せな結婚を、とでも考えていたのかもしれない。

しかし、誰に教わるでもなく、自分が後継者だと意識して育つ私を、止めるようなこともしなかった。

大学在学中に営業部で勉強をさせてもらうようになり、入社後一年はそのまま営業職を経験した。それから社長秘書として、父の出かける現場にはすべて同行するようになった。

扱う商材は大きくても、会社自体は小さなクタニだ。社長の父もまた、ひとりの営業マンとして活躍する場は多く、私は秘書でありながら、営業サポート職でもあった。

大きな商談を成立させ、父とふたり、帰り道にガッツポーズをしたのが昨日のことのように思い出される。

私もこうして最前線に立つ社長になろう。社員がついていきたくなるような社長になりたい。それが私の夢だった。

少しずつ影が見え始めたのは、私が入社して三年目、年が明けた頃からだった。海外からの発注が極端に減ったのだ。

クタニの扱うメイン商材は、工業用繊維メーカー・コミネ紡績の特殊繊維だ。

コミネ紡績は厳しい製品管理と昔気質の運営から、ごく少数の代理店にしか商品を卸さない。トップ代理店であるクタニは、売上の四割をコミネ製品が占める。そして、この特殊繊維は海外輸出量も多い。

海外からの発注が減った理由はいくつかあったけれど、卸売先の大手メーカーの破綻、また某国の経済ショックが大きかった。

もろに煽りを受けたクタニは、負債を抱えながらも、耐え忍ぶ時期だと一丸になって経営努力を続けた。

しかし、ここでコミネ紡績が商材の値上げを打ち出したのだ。原料の石油が、原産地の政情不安から高騰しているというのが理由だったが、タイミングは最悪だった。

大きな企業であれば、一時的な逆風もしのげる。しかし、クタニのような中小企業にそんな経営体力はない。

「まどかにクタニを譲りたかったな」

夏が来る頃、経営は如実に悪化していた。社員も私も危機感を募らせる。たび重なる逆境に、父は疲労を深めていた。

「どうとでもなるわ。私、社員のみんなと話し合ってくる」

必死に励ます私の目の前で、父の身体は傾いだ。

そのまま倒れ、緊急入院と精密検査。疲労の裏で進行していた病を、私も母も、父本人も気づいていなかったのだ。

秋口、父の闘病が始まった。

クタニは風前の灯火であるけれど、取引先も、融資してくれる銀行も待ってはくれない。メーカー側のコミネ紡績に相談したものの、苦境はあちらも同じこと。クタニを救うほど手は貸せないと言う。

そんな中、父の病室を訪れたのが、二藤商事の現社長・名瀬斗真だった。

「二藤商事が合併を持ちかけてきた？」

名瀬斗真が帰った後の病室。日も暮れかかった頃だ。私と母、そして営業部長の宝田さんの前で父は言う。

「ああ。二藤商事内に新部署を設立し、クタニの社員を丸ごとそこへと」

「クタニは……なくなるの？」

私の言葉に父が頷く。名瀬斗真の訪問は、吸収合併の打診だったのだ。

「コミネ紡績の代理店の座が欲しいからじゃないですか」

宝田営業部長が悔しそうに言った。国内有数の総合商社・二藤商事は、ここ数年、コミネ紡績の利権を巡って何度もクタニに交渉を持ちかけてきていた。

「コミネ紡績は限られた代理店としか取引をしない。代理店の座を譲るか、二藤の傘下に入るかと、あの社長はずっと迫ってきていたじゃないですか」

「ああ。そしてそれはずっと断ってきた」

父も再び頷く。

「二藤は大企業だ。二藤に利権を集中させれば、クタニ以外の代理店は実質廃業だ。ゆくゆくはコミネ紡績自体も乗っ取られかねない」

「あの若社長は強引な手法で、就任からたった二年で二藤をさらに拡大しています。野心家ですよ。それに、うちの国内取引先をいくつも奪っている。クタニが苦境に陥るように、じわじわと体力を削っていたに違いないですよ」

二藤の社長・名瀬斗真の顔は私も知っていた。クタニが順風満帆だった時代から、何度も父に会いに来ている。

お茶を出した程度だけど、涼やかな見た目と静かな空気が、大企業の社長には見えなかったのを覚えていた。

お茶を受け取り、礼を言った彼と目が合ったことがある。美しい男性だ、と場違いにも思った。そのときは強引で横暴な男という印象は欠片もなかった。

しかし、宝田営業部長の言うことも真実。直接的な経営不振の原因ではないけれど、二藤はクタニからコミネ紡績の商材を扱わない取引先を奪っていた。

そこに合併の話だなんて。まるでクタニがこうなることを待ち構えていたかのようなタイミングだ。

「今までは、コミネ紡績への配慮を理由に断ってきた。買収のような形で代理店の座を手に入れたとなれば、コミネ紡績は代理店の認定を取り消してくるかもしれないと」

「そうよ。コミネ紡績だって、二藤の危険性を感じたら、代理店を取り消すに違いないわ」

「……名瀬社長がこう提案してきた」

父は私の顔を見た。悲しい表情をしている。

「まどかを妻に、と。M&Aによる強引な吸収合併ではなく、跡取り同士の婚姻を持って、会社を友好的に合併させようと言っている」

コミネ紡績へのアピールのため、姻戚関係を持って合併しようというのだ。円満な合併を対外的に印象づけたいのだ。

「社員の待遇はすべてそのままでいいと言っている。変わるのは新社屋に移ることと、クタニの名がなくなることだけだ。各地の営業所もそのまま。私も療養を終えたら復帰してほしいと言われている。このままクタニがなくなれば多くの社員が路頭に迷うけれど、二藤と合併すれば、社員は守れる……ただ、おまえが……まどか」

苦しそうに言う父に、私は言葉を失った。

いつか、クタニの女社長になるのだと思ってきた。結婚や出産より、私の夢はひとりの経営者になることだった。

しかし、私に用意された道は、政略結婚の駒だった。大企業の社長夫人という役割だった。

「俺は本気ですよ」

不意に声がして、私たちは戸口を見やる。そこには名瀬斗真本人がいた。まだ残暑の厳しい時期だったけれど、その佇(たたず)まいは涼やかで凛(りん)として見えた。

「失礼。もう少し久谷社長とお話を、と思って来たのですが。お揃(そろ)いのようならちょうどいい」

名瀬斗真は私の前に歩み寄った。冷たい瞳をしていた。

「二藤はクタニの持つ利権が欲しい。そのためなら、少々高い買い物でも惜しみなく資金を投じましょう。……久谷まどかさん」

背の高い男は、切れ長の美しい目で私をまっすぐに射貫いた。

「俺はあなたを買う。クタニを救うのはあなたの決断だ」

唇を噛みしめ、私は目の前の男を睨みつけた。

こんな男に助けてもらいたくない。クタニにはまだできることがあるかもしれない。

そもそも、クタニの苦境の一因はこの男にもある。

だけど、私の意地でクタニの社員の未来を壊すことができる？

……私は、久谷社長の娘だ。そんなことはできない。

「お受けします」

答えた声はか細く、情けないものだった。それでも、私は彼の顔を睨みつけたまま言った。

「クタニをよろしくお願いします」

＊　＊　＊

婚約披露と合併の記念パーティーは、つつがなく終了した。私と婚約者はこのままホテルのスイートルームに宿泊となる。

先に行っていろと言われ、案内された部屋は、庶民には見たこともないようなラグジュアリーな空間だった。

大きなソファに、美しい木目のテーブル。バーカウンターには知らない酒がずらりと並び、オードブルと氷が用意されている。和室がついていて、そこには茶器が整然と置かれてある。

正面の大きな窓からは、美しい都内の夜景が見えた。凝った造りの壁の向こうが寝室のようだ。壁はアジアンな雰囲気の木製で、透かし彫りのデザインなので、隣の部屋が見えるのだ。大きなベッドが二台ある。

こんな部屋、ドラマの中でしか知らない。私は庶民だ。社長令嬢といっても中小企業だし、実家は東京の下町にある。

どこで待機したものか考えて、立ちつくしていると、背後でドアが開く音がした。短い廊下から、名瀬斗真が姿を現した。

「突っ立っていないで、その辺に座れ」

命令され、嫌な気分になりながらも、おずおずとソファに座った。絶妙な硬さと柔らかさだ。このソファでも気持ちよく眠れそう。

「名瀬さん……」

「斗真と呼べ。おまえの夫になるんだ」

呼びたくないと思いつつ、言う。

「斗真、あの」

「食べろ」

言葉を遮って、斗真がテーブルにオードブルの皿を置いた。バーカウンターに用意されていたものだ。

「パーティー中、たいして食べていなかった。腹が空いただろう」

「いえ、あの。そうじゃなくて」

「酒も飲めないわけじゃなさそうだ」

上着をスツールに放ると、ロンググラスに適当に選んだウィスキーと氷を入れる。そこにジンジャーエールをどぼどぼと注ぎ、軽くステアして私の目の前に置いた。

「俺は風呂に入ってくる」

「待って」

ようやく私は大声で言った。全部向こうのペースでは、たまらない。

「私は何番目の女？」

「はあ？」

質問が要領を得なかったようで、斗真が尋ね返す。慌てて付け加えた。

「あなたみたいな人、他に恋人がいても不思議じゃない。私はお飾りの妻でしょう？」

「お飾りの？」

「そう……あなたはコミネ紡績の利権が欲しくて私と結婚したんだから」

私の言葉にピンときたようだ。斗真が目を細め、唇を笑みの形に引き上げた。なんて意地悪そうに笑うのだろう。

「だから、セックスはしなくてもいいだろって、そう言いたいのか？」

直接的な言葉に、私は真っ赤になって頷いた。確かに言いたいのはそういうことだけれど、デリカシーがなさすぎる。

「キスも初めてかと思ったが、まさか処女か？」

「違う、違うわよ！　だけど、寝る必要はないと思っただけ！」

処女ではないが、男性と付き合ったのは大学時代が最後だ。

経験豊富でもない。身持ちが固いほうだと自分では思っている。気持ちの通じていない相手と身体を重ねられるほど、性に開放的ではないのだ。

すると、斗真はさらに意地悪く微笑む。

「残念ながら、おまえのことは抱く」

「え……？」

「この結婚で、コミネ紡績の利権ともうひとつ欲しいものがある。子どもだ」

酷薄とした表情で、斗真は微笑んだ。

「二藤の跡継ぎを孕むまで、毎晩だって抱くつもりだ。まどか、俺の子を産め」

さらに直接的な言葉に、私はソファの上で後退る。

それが私を不快にさせたいがための言葉だと知っていても、ぞっとするような恐怖を感じた。

「さて、風呂に行かせてくれ」

意地悪な笑みから冷たい表情に戻ると、斗真はさっさとバスルームに消えてしまった。私はどくんどくんと嫌な音をたてる胸を押さえた。

なんなの、あの男。

手が震えていると気づいてしまい、いたたまれなくなって、ロンググラスのお酒を一気に飲み干した。

怖くない。私はあんな男を恐れているわけじゃない。

やがて、斗真がバスローブ姿で出てきた。濡れ髪を無造作にかき上げる男らしい仕草をなるべく見ないように、横をすれ違う。

バスルームに入ると、また手がかすかに震えていることに気づいた。

「もうやだ」

シャワーを浴びながら、身体が強張っているのを感じる。

これから名瀬斗真に抱かれる。

あんな男に。

顔はいいかもしれない。スタイルだって抜群だ。あの綺麗な低い声をベッドの中で聞きたい女の子はたくさんいるかもしれない。

だけど私は無理。私は嫌。

名瀬斗真がクタニに目をつけなければ、こんなことにはならなかったんじゃないかと今でも思ってしまう。

利権欲しさとはいえ、会社を助けてくれた恩人なのかもしれない。だけど私はあの男の、人を人とも思っていないような態度が嫌い。

あの男は私を買いたたいた品物だと思い、跡継ぎを産むための道具にしようとしている。

わざと時間をかけてシャワーを浴びた。髪も丁寧に乾かした。先に眠ってしまえばいい、と一縷の望みをかけた私は潔くない。

バスルームを出てみれば、奥のベッドに腰かけて、名瀬斗真は雑誌を眺めていた。ウィスキーがサイドボードに置いてある。

「こっちへ来い」

ライオンの前のウサギ……というほど絶体絶命な気持ちではない。だけど、心はひたひたと絶望が侵食している。嫌な男に身体を自由にされなければいけない。

そろそろと近づいた私を、斗真の手が掴んだ。そのまま引き寄せられる。

腕の中に飛び込む格好になって、私は慌てた。

「や、ちょっと」

そのまま抱きしめられそうになる。咄嗟に腕を突っ張り、胸板を押すけれど、相手はびくともしない。

腰を両腕で抱かれながらも、顔はこれ以上近づかないように、手で距離を維持し続ける。不本意ながら斗真の膝の上に乗った格好だ。

「いくつだったっけな、おまえ」

年齢を聞かれているのだ。私は膠着状態のまま答えた。

「二十五……。来月、二十六歳です」

「頭の中はもう少し幼そうだな」

馬鹿にされ、改めて抗おうとすると、見上げる格好だった斗真が下から強引に口づけてきた。逃げようにも腰と背を抱きしめられ、果たせない。

「ちょっと！　嫌、やめて！」

キスから必死に逃れて叫ぶ。

「無理やりは好みじゃないが、嫌がる姿は存外そそるものだな」

全然そそられていないような冷たい声音で言い、斗真は私をシーツに押し倒した。

バスローブの襟が乱れて、下着が見えてしまっている。

「離して！」

「抱く、と言っただろう」

「待って、今日は……まだ……」

今日逃げてどうなるというのだろう。私はこの男の妻になるというのに。

自分で自分の言っていることが埒もないことだと、よくわかっている。案の定、斗真はふっとおかしそうに笑った。

「明日から俺の部屋で同棲だ。時間はたくさんある。しかし、せっかくおまえのためにスイートを取ったんだ。この部屋で楽しまなければもったいない」

私の拒否も強張った表情も、面白くてしょうがないという冷たい微笑み。鎖骨にキスをされ、身体が震えた。

「やだ、やめて。したくない」

「本当に処女なら、早めに言えよ。それなりにやり方がある」

「ちが……そうじゃな……」

うるさいと言わんばかりに、キスで言葉を封じられた。

嫌だ。こんなヤツに抱かれたくない。

私のこと、好きでもなんでもないのに、まるで仕事みたいに私の身体を開こうとしている。男は簡単に女を抱けるのだ。

そう考えると、いっそう嫌悪感が増した。

斗真の身体を遠ざけようと暴れ続ける。ふと私を押さえつける力が緩んだ。見上げた先には、身体を浮かせ、私をじっと見下ろしている斗真の顔。

「な……に……？」

「久谷まどか、おまえの覚悟はそんなものか？」

その言葉に、私はぴくりと動きを止めた。

「結婚を受け入れたのはおまえだぞ。クタニの社員を助けるために、尊い犠牲になったんだろう？　それとも、たいした覚悟もなく、悲劇のヒロインぶって俺の元へ来たのか？　それは残念な女だ。俺の見込み違いだったかな」

私は……ああ、そうだ。私は、みんなを守るためにこの結婚を受け入れた。こんなところで小娘みたいに駄々をこねているなんて、馬鹿だ。

「それとも今からすべて白紙に戻すか？　俺はそれでも構わない」

「……いえ」

かすれた声で言い、抗う手を止めた。だらりとシーツに四肢を投げ出す。顔だけはそむけ、斗真を見ないようにした。

その私の態度で、意志は伝わったらしい。

「まあ、おまえが楽しめるように俺も尽くすとしよう」

意地悪くささやき、斗真は私の首元に顔をうずめた。


身体がけだるい。転がった姿勢から顔を起こすと、サイドボードのデジタル時計は深夜三時を指していた。

久しぶりに男性を受け入れたせいか、身体の芯が熱くて、鈍く痛い。指先や髪の先までがじんわりとしていて、自分の身体じゃないみたい。

ようやく私を解放した斗真は、バーカウンターで水を飲んでいる。行為が終わってから、お互いろくに喋ってない。

斗真は冷蔵庫からミネラルウォーターを取り出し、シーツに丸まった私の前に転がした。

「飲め」

身体をのろのろと起こすと、疲労で目眩がした。すでに足や腰回りが筋肉痛みたいになっている。

涙が出そうだった。虚しさと情けなさでいっぱいだった。

同時に、心は言っていた。

なんてことない。セックスなんて、この程度のこと。私は大丈夫。我慢できる。

「そっちのベッドを使えばいい。寝ろ」

私の横に座り、斗真はそっけなく言う。使っていないほうのベッドを譲ってくれるつもりらしい。

下着をかき集め、ベッドの隅でくしゃくしゃになったバスローブを羽織り、ベッドから下りた。隣のベッドに移動し、斗真に背を向けた格好で座った。

きちんと言おう。宣言しておこう。

ひとつ息をついてから口を開いた。

「子どもは産んであげる」

彼が私の背を見ているのを感じる。

「好きなだけ抱けばいい。でも、心はあなたに捧げない」

意を決して振り向き、私は斗真を鋭く睨んだ。涙が滲んでいた。

「あなたなんか大嫌い」

斗真は私を苦々しい表情で見つめ、それから挑むような傲岸な笑顔になった。

「好きにしろ。泣く権利まで取り上げては哀れだからな」

唇を噛みしめ、私はうつむいた。

泣くまい。こんなことはたいしたことじゃない。自分にそう言い聞かせて。

公私ともに!?

株式会社クタニの苦境を助ける、と名瀬斗真が合併を持ちかけてきてから、わずかふた月。クタニは正式に二藤商事内の第八営業部という名称で吸収合併された。

多くの社員が待遇はそのまま。さらに今のタイミングなら、二藤商事内の別部署への異動も融通するという。若手社員の数人は、大きなチャンスだと二藤内の別部署に異動し、父も笑顔で彼らを送り出した。

嘱託で残っていた古参社員の数人が、この機会に、とクタニを去ったけれど、他の社員のほとんどは第八営業部に移った。

父に与えられた役職は、二藤商事の専務という破格の待遇だった。合併先の社長を役員に迎えることで、さらに円満さをアピールしたかったのだろうけど、父は体調を理由にこの職を辞した。こうして、株式会社クタニは完全に消滅した。

合併と時を同じくして行われた婚約披露パーティー。翌日に、私は名瀬斗真の暮らすマンションに引っ越しをした。同じく転属となった二藤商事には、明日から出社の予定だ。

「お母さん、ちょくちょく帰ってくるからね。大江戸線(おおえどせん)で一本だし、タクシーだったらあっという間」

　引っ越しトラックの前で言うと、母はぽろぽろと涙した。父は昨日のパーティー後から再び病院に戻っている。この広い家には当分母ひとりだ。

「まどか、ごめんなさい。ごめんなさいね。あなたひとりに、こんなことを背負わせてしまって」

「クタニを背負うつもりでいたの。それと比べたら、社長夫人なんてラクちんすぎてあくびが出ちゃうわ。せいぜい、夫のお金で幸せに暮らしてやるから！」

　私は自分より小柄な母親をぎゅっと抱きしめた。

「お父さんの具合がよくなったら、みんなで温泉にでも行きましょ。あったかいところなら、海外でもいいなあ」

「まどか、幸せになってね」

　こんな形で娘を嫁に出すことになるとは、母もまた想像していなかったのだろう。母の手前、涙を見せないように微笑み、家を出た。

　名瀬斗真の自宅であるマンションは青山にあった。下町の月島界隈で育った私からすると、生活の雰囲気はがらっと変わる。

なお、クタニ本社ビルと物流センターも我が家の近くにあったけれど、今後は物流センターのみを残し、社員のほとんどが日本橋のオフィスに通うことになる。

私もまたそうだ。どこの部署に入るかは聞いていないが、おそらくはクタニの社員たちのいる第八営業部に入るのだろう。いや、そうあってほしい。

高層のいかにもお金持ちの住んでいそうなマンションの前に立ち、私はごくんと息を呑んだ。コンシェルジュのいるマンションなんて初めてだ。

オートロックの解錠を頼み、今朝ホテルで手渡された合鍵で部屋のドアを開けた。初めて入る。

広々としたリビングを見渡す。無機質で物の少ない部屋だ。観葉植物みたいなものはないし、そもそも生活感がまるでない。

「段ボール箱、空き部屋に入れてください」

斗真に指示された通り、自分の荷物をリビングと間続きの和室に運び込んでもらう。たいした量はないので、引っ越しはあっという間に終わってしまった。

さて、どうしよう。まず、最低限トイレやお風呂の場所は確認しておこう。しかし、自分の過ごすスペースがわからないので、荷ほどきをしていいのかわからない。

そして食事はどうしたらいいだろう。斗真が帰ってくるのは何時だろう。作ったほうがいいだろうか。

でも、勝手に冷蔵庫を開けたり、調理器具を使ったりすることはためらわれた。今日から同棲といっても、私にとってはまだ他人の家だもの。

すると、がたんという音とともに玄関のドアが開く音がした。私は鍵を閉めたはず。ってことは……。

現れたのは、今朝ホテルで別れたばかりの名瀬斗真だった。

「ようこそ、新居へ」

歓迎ムードゼロの冷たい表情で言い、斗真は私の横をすり抜ける。

「あの、今日からよろしくお願いします」

それには答えず冷蔵庫を開け、未開封の牛乳を取り出した。それからキッチンカウンターからコーヒーマシンとコーヒー豆、マグカップを取り、ダイニングテーブルにどかどかと無造作に置く。

「好きに飲め」

「あ、はい」

「この家のものはすべておまえのものと思って、好きに使え。足りないものは好きなように買い足せ」

テーブルに置かれたのはクレジットカード。嫌味にもブラックカードだ。これを使えってことみたい。

「ハウスクリーニングは月曜と木曜の週二回入る。食事はおまえが用意したければすればいい。したくないなら自分の分だけにしろ。今夜は遅くなるから、おまえはひとりで済ませて、先に寝ろ」

つらつらと事務手続きみたいに言葉を続ける斗真。

「おまえの荷物も好きなところに置け。そこの和室でもいいが、クローゼットのある洋室も空いている」

「私、こっちの和室を使うわ。好きに使っていいんでしょう？」

にっと斗真が微笑んだ。意地悪な笑顔だ。

「私室にする分にはいいが、寝室は俺と共同だぞ。あいにく、ベッドはキングサイズが一台しかない」

私は絶句した。それと同時に昨日の初めての夜が思い出されて、顔も身体もかーっと熱くなる。

「お布団！　ひと組買うから！」

「わかってないな。諸般の事情で入籍と結婚式はもう少し先だが、おまえは俺の妻になる。二藤商事の跡取りを産むという大事な仕事がある。ベッドがふたつあっては効率が悪い」

ぐっと近づき、斗真が私を至近距離で見下ろす。まるで昨夜のことを覚えているだろうと言いたげだ。

私は真っ赤であろう顔を隠すようにうつむき、奥歯を噛みしめる。

恥ずかしい。何度も何度も求められ、途中から拒否することすら忘れてしまった。斗真の低い声、息遣い。意に沿わぬ行為のはずなのに、あられもなく声を上げてしがみついてしまった自分が思い出される。

「なお、子どもはたくさん欲しい。まどかは細いが、抱いてみて腰回りはしっかりしているとよくわかった。何人でも産めそうで安心だ」

そう言って、遠慮なく私の骨盤を左右からがしっと掴む。私は悲鳴を上げて、その手を振りはらった。

「やめて！　あなたのことは嫌いだって言った！」

私が嫌がる様が楽しくてしょうがないようで、斗真は意地悪く笑った。

「嫌いでもなんでも、まどかは俺の妻になる。残念だったな」

これ以上触られないように距離を取って警戒する私を一瞥(いちべつ)し、斗真は楽しそうだった表情をいつもの冷たい顔に変える。

「今日はもう会わないかもしれないから言っておく。明日は一緒に出社だ。おまえの業務全般について決める」

そう言って、斗真は再び出かけていった。おそらく会社に戻るのだろう。

「私の引っ越しに合わせて、嫌がらせに来たのかしら」

伝達事項ならスマホで済むのだ。わざわざ顔を出して意地悪を言う必要はない。

「まあ、いいや！　好きにしよう！」

好きに使っていいと言われたのだ。早速、荷ほどきに取りかかることにした。途中、ちらんと寝室を覗きに行ったけれど、斗真の言う通り大きなベッドが一台ある。

これで一緒に寝るの？　やだなあ。

「あいつの言うことなんか、いちいち聞かなくてもいいよね」

近くのファミレスで夕食をとり、シャワーを浴びた。ベッドには行かず、和室の畳に座布団を敷いて横になった。

上からコートを二枚かぶり、エアコンをかける。まだ真冬ってほどの時期じゃなくてよかった。明日には届くようにネットショッピングで布団をひと組購入しておく。

昨夜の疲労もあり、二十一時過ぎには眠りに就いてしまった。

翌朝、目覚めた私は仰天した。

「なんで？　なんでここに？」

私が眠っていたのは、真っ白なシーツのキングサイズベッド。見回せば、昨日確認した斗真の寝室だ。

ベッドに座り込み、きょときょとしていると、ドアが開いた。

Tシャツにスウェット地のロングパンツという格好の斗真がいた。

「おまえのスマホがうるさい」

斗真の手には、アラームが鳴り響く私のスマホ。ゆうべアラームを設定して、枕元に置いておいたのに。っていうか、私は和室で寝ていたのに。

「運んだの!?」

「あんなところで寝ているからだ。育ちは悪くないと思っていたんだがな」

あんたと寝たくなかったからよ！

お腹の底から叫び出したいのを我慢した。寝ているところをベッドまで運ばれるなんて、恥ずかしいというより屈辱的だ。

斗真の手からスマホを奪い取り、アラームを止める。

「支度をしろ。八時半には出る」

斗真に言われ、ともかく顔を洗おうと起き出した。


「朝ごはん、私、必ず食べる派なの」

メイクも髪も整え、斗真が出してきたシリアルをざらざらと皿に移しながら言った。

斗真はとっくに支度を終え、新聞に目を通しながらコーヒーを飲んでいる。朝食はとらないのかもしれない。

「あなたは？」

「俺はどちらでも」

「じゃあ、明日からは一緒に用意するわ」

仲良く暮らしたいわけじゃない。だけど、私が自分の分だけの食事を用意し、この男を無視するのはあまりにも冷徹すぎるような気がした。というか、私の気分が悪い。

「夕食も作るから。食べられそうな日は食べて」

斗真が新聞から顔を上げた。

「俺は妻に役割を求めない。掃除や炊事などの家事はアウトソーシング可能なものだ。

おまえは跡継ぎさえ産むのなら、家庭内の煩わしいことをしなくてもいい」

「自分で作りたい派なの。掃除も頼まれなくてもやるわ。そりゃ、エアコンのクリーニングとか換気扇の掃除とか、専門的なのは業者にお願いしたいけど、そんなの一年に一回くらいでしょう。とにかく、私ができることにお金を使わなくていいわよ」

意外そうな顔をした後、斗真は短く嘆息する。

「まあ、それもすべておまえに余裕があればだな。二藤に入るからには、それなりに働いてもらう。忙しくなるぞ」

その言葉で、私は自分の配属先が、第八営業部の慣れ親しんだ社員たちの元ではないのだと知った。途端に憂鬱な気分だ。


斗真の車で会社に向けて出発した。日本橋にある二藤商事の本社ビルは、外観こそ知っていたものの中に入るのは初めてだ。

エントランスに入ると、出社してきた社員たちが一様に深々と頭を下げ、挨拶する。斗真は短く、「ああ」と「おはよう」を繰り返し、奥の上階用のエレベーターに向かう。

その後ろを私はそろりとついていった。改めて、自分が結婚する相手が二藤商事の社長であることを確認する。私より六つ年上なだけなのに、別世界の生き物だ。

「第八営業部は五階だ。そして、おまえの職場は十五階」

斗真に言われる。十五階、最上階だ。

到着した十五階にあるのは社長室、間続きの副社長室、そして賓客用の応接室。

社長室は背面がすべてガラス張りの近代的なオフィスだった。社長デスクと右の壁側に本棚、そしてその前にサブデスクがひとつあるだけ。自宅同様、非常に簡素だ。

奥の副社長室に続くドアを無造作に開け、斗真は声を張り上げた。

「圭さん、来てますか？」

ややすると奥から「はいよ～」というのんきな声が聞こえてくる。

パーテーションで仕切られた奥の副社長室から出てきたのは、ぼさぼさの長めの髪の男性。Tシャツに短パン姿だ。

ん？　よく見ると……いや、よく見なくてもわかった。

「副社長……」

「あ、斗真のお嫁さん、まどかちゃんだっけ。ようこそ、ようこそ」

名瀬圭。二藤商事の副社長にして前社長の弟。斗真の叔父にあたる人だ。

確かまだ四十代半ばだったと思うけれど、Tシャツに短パン姿だと、いっそう若く見える。というか、一昨日のパーティーのときはキリッとデザインスーツを着こなし、女性たちのため息を誘うようなイケメンだったはずだけど……。

「圭さん、また会社に泊まったな」

ため息をつき、斗真が叔父を睨む。

「だって、おうち遠いんだもん」

「空気のいいところがいいって、高尾山（たかおさん）の近くにマンション買ったのはあんただろ」

「普段はちゃんと帰ってますよう。でも、ゆうべは疲れちゃってさあ。運転したくなくなっちゃった」

『てへっ』とでも言いたげにウインクしてみせる四十代半ばのイケメン……もとい、ぼさぼさ頭の短パン副社長。いきなりイメージと違う出来事が起こって混乱してしまう。どうなってるの？　この大企業。

私に向き直って斗真が言う。

「まどか、おまえの二藤商事での役職は、社長と副社長の秘書だ。俺と圭さんのスケジュール管理をしてもらう」

「え？　私が？」

思わず素で聞き返した。副社長もいるのに、かなり嫌そうな顔もしてしまった。

「久谷社長の秘書を長くやってきたんだろう？　俺と圭さんに秘書はいなかったが、この際だ。おまえの能力を使ってやる」

偉そうな言い方にイラッとする。すると横から、頭とお腹をぽりぽりかきながら副社長が口を挟んでくる。

「こら、斗真。せっかく来てくれた可愛いお嫁さんに亭主関白ぶるんじゃないよ。まどかちゃん、ごめんねえ。こいつ、本当に女の子の扱いわかんなくてさ～。これで顔が悪かったら絶対モテないよねえ」

「いえ……」

私は引きつった笑顔を返す。なんだか調子の狂う人だ。

「面倒を見るのは俺と斗真だけでいいからさ。頼むよ～。斗真はこの通りしっかりしてるけど、俺はスケジュール管理とかメール応対とか苦手でさ。このフロアは俺と斗真以外に役員はいないし。ね？」

「そういえば、会長は出社されていないんですか？」

パーティーで初めて挨拶をした斗真のお父さんのことを思い出す。二藤商事の前社長。現在は会長職にあるはずだ。

「兄さんは名前だけの会長で、実際はもう給料ももらってないし、出社もしてないよ」

あっさりと圭さんが言い、斗真も頷く。

「うちの両親はこの春から地方に移住して、今は畑を耕しながらカフェをやるという夢の生活を満喫中だ。一昨日もパーティーの後、うちの冷蔵庫に野菜をたくさん置いて車で帰っていったぞ」

「田舎暮らしは兄さんと義姉さんの昔っからの夢でさ。早々と斗真に社長職を譲ったのはそのためだよ」

「圭さんが社長になる予定だったでしょう」

「俺、そういうの向かないもん」

話を聞きながら、頭がバグを起こしそう。国内有数の大企業の経営陣の話を聞いているというのに、なんだか緩い感じがするのだ。

「斗真のじいさんで俺の親父も、海外でバックパッカーやったりしてるじいさんだから、実は名瀬家って結構変わり者の集まりだよね。部下のみんなが優秀だからどうにかなってるけど」

あっけらかんと圭さんは言う。

確かに圭さんを見ても、斗真を見ても、圧倒的に外面と内面が違う。そして、外側が美しく整って見える分、内側とのギャップは結構大きく感じる。

「ということで、まどかには秘書業務を頼む。できるだろう？　それとも、もう少し簡単な業務のほうがいいか？」

斗真はよくわかっている。こんな聞き方をされて、『できません』と私が言うはずないと。

その通り。私は『できません』とは言わない。見透かされている気はするけど、ここで引いたら女がすたる。

「わかりました。お引き受けします」

だって、私はこの男に買われた身……ううん、そうじゃない。この男に対して『できません』なんて負けを認めるようなこと、絶対に口にしたくないのだから。

なるほど。忙しくなるという意味はその日中に理解した。

社長の斗真は驚くほど多忙である。朝の段階で私に頼みたい仕事をすべて伝達すると、あっという間に外出していった。圭さんも三十分で身支度し、パーティーで見た端麗な男性へと変貌を遂げると、私に仕事を引き継ぎ、出かけてしまう。

午前の段階で、私は社長室にひとり取り残された。そこからが忙しかった。

ふたり分のメールの処理。部下から回ってくる決済書類の整理。部屋を軽く掃除でも、という余裕もない。

斗真と圭さんからは予定の調整や変更の連絡がぼんぼんと入るし、各部の本部長や、すぐ下の階に詰める専務ひとりに常務ふたりが、あれやこれやと用事でやってくる。概ね『社長のスケジュールを教えてほしい』とか、『この日は社長同行で頼みたいから都合をつけてほしい』とか、そういったお話。

そもそも、私は今日からここに厄介になっている身。現れた人たちを役職表と組織図と照らし合わせながら、顔を覚えつつ話を聞く。

当然、こちらからの挨拶も必須。私が『本日よりお世話になります。秘書の久谷まどかです』と頭を下げると、まあ全員が全員、『ああ、合併したクタニのお嬢さんね。社長の政略結婚の相手ね』という顔をする。

言葉には出さないけれど、みんな私をお飾りのお嫁さんだと思っているんだろうな。実際、そうだけど。

もし父がこの会社に移ってきていたら、専務と秘書という形で一緒に働けたのにな。

ふとそんなことも思ったけれど、体調的にも心情的にも父は二藤にはいられなかっただろう。

社員は救えたかもしれない。でも、代々守ってきたクタニの看板は下ろさざるを得なかった。父の無念がわかるだけに、私からは強く留任を勧められなかった。

定時の頃、圭さんが一度帰社した。私はお茶を淹れてお出迎えだ。

「まどかちゃん、お疲れ様。基本、定時上がりでいいからね」

「あ、ありがとうございます。でも、もう少しおふたりの郵便とパソコンの内部を整理してからにしようかと思います」

「いやあ、助かるよ。昔は斗真が俺と兄さんの秘書をやってたんだけど、斗真が社長に就任してからは、秘書はつけずに各自でやってたからなあ。正直忙しかった」

「そうだったんですね」

大企業の社長と副社長って、もっと悠々としているのかと思っていた。だけど、斗真も圭さんも最前線に立っている。この会社の経営という舵取りをしながら、どんどん業務を拡大していっている。

湯呑みをことんと置いて、圭さんが私を見る。

「まどかちゃん、急に環境が変わって大変でしょう。お父さんの病気も心配だろうし」

「いえ、大丈夫です。二藤のおかげで父もクタニも救われましたから」

事実ではある。クタニは大きな負債を抱える前に、二藤に合併という形で救われた。父はかなり高額な退職金が用意され、今後、最新の治療を受け続ける余裕ができた。これは、経営に失敗したトップには破格の待遇だ。

そしてクタニの社員はみんな、待遇的には保障されている。これから二藤内での軋轢や、会社の方針の違いに苦しむことはあるかもしれないが、失職は避けられた。

とん、と私の鼻の先に圭さんが人差し指を押し当てた。

「言葉と表情が全然違うよ」

「え？」

「無理しなくていい。面白くなくて当然。不満があって当然。まどかちゃんは敗軍の将として、本当は責任取って切腹しちゃいたい気分なんでしょう？」

……私、そんなにわかりやすかったかな。

本音がもろバレだったことが恥ずかしくて、私は唇を噛みしめ、目を逸らす。圭さんが、あははと軽快に笑った。

「和平で嫁がされちゃうなんて、戦国時代みたいだよね。嫌で当然だよ～。しかも斗真はあの通りでしょ。素直じゃないんだよね～」

素直じゃないというか、ただひたすらに傲慢でムカつくんですけど。

さすがに口にしないものの、たぶん私の表情からバレているんだろうなと思う。

「まあ、斗真も悪いヤツじゃないから。少しずつ慣れていってよ」

慣れたくなくても私は逃げられない。慣れるしか道はない。そんなことを思っていたら、社長室のドアがばたんと開いた。斗真が間続きの副社長室のほうへ姿を現す。

「圭さん」

苛立(いらだ)ったような声だ。圭さんが両手を顔の横に持ってきて、手のひらを見せ、『何もしてません』というジェスチャーをする。

「大丈夫、大丈夫。甥(おい)っ子の可愛いお嫁さんに手なんか出さないって」

「女たらしの言うことは信用できない」

ぶすっとした表情で言うと、斗真は私に向き直った。

「俺はこの後、もう一度出る。今日はもう帰れ」

ええと、確かに予定では会食となっていたけれど。

「あの、秘書なんだし、同行も……できますけど」

「秘書としておまえを連れ回す機会はほぼない。おまえが表に出てくるときは、二藤商事の社長夫人としてだけだ」

「例外だが、緊急で決済が必要な書類や、他に緊急の案件のときは外出を頼む」

「ああ、そう」

横から圭さんが口を挟む。

「俺のクリーニングに出したスーツやシャツを取りに行くとかね」

「それは自分で取りに行ってください」

すげなく言い、斗真は私を見下ろした。なんだか不満そうな顔をしているぞ。圭さんになだめられているところを見られてしまったし、きっと、『こいつ、副社長にまで愚痴っているな』と思われているに違いない。

「もう少し整理したら帰ります」

先に言うと、斗真が答えた。

「わかっただろう。それなりに忙しい。家事は無理しなくて結構だ」

「夕食は作りたいときに作るので、お気遣いなく」

「そうか」

ぷい、と私が横を向くと、斗真もさっさと踵（きびす）を返し、社長室へ戻る。それから間もなくして出かけていった。

斗真はその晩は遅く、私は朝用に買った食パンにハムとレタスを挟んだだけの簡素な夕食で済ませてしまった。

冷蔵庫の野菜室には確かにお野菜が詰まっていた。斗真のご両親が置いていったというのは、これだ。

斗真が野菜を料理するとは考えられないので、そのうち夕食に使おう。今日はミニトマトだけいただいた。

さて、お布団は届いたけれど、きっとこれで眠っていると、また抱きかかえられてベッドに運ばれるのだろう。

向こうは『意地になってるの？』というくらい私との家庭内別居を阻止するつもりらしい。男のプライドなのだろうか。支配欲求というヤツかもしれない。

仕方なく、布団はお客さん用ということで和室の空の押し入れにしまい、シャワーを済ませた私は斗真のベッドに横になった。今朝は気づかなかったけれど、斗真のベッドは斗真の香りがする。抱かれたとき、腕の中で感じた香りだ。

うう、不快というか、ひたすらに恥ずかしいというか……我慢我慢。眠ってしまえば明日の朝だ。

新しい環境に疲労もあるのか、早い時間帯でもあっという間に眠りは訪れた。

夜中、ベッドの軋む音で目が覚めた。といっても頭は半覚醒くらい。寝ぼけている自覚がある。

ぎしっと軋み、わずかにへこむマットレス。私の身体もへこみの方向に傾く。

「ん？　何？」

暗い室内で、私を見下ろしているのが斗真であることはわかった。眠くて、身体がだるくて、うまく動かない。『おかえり』くらい言ったほうがいいかとか、そんなことにも頭が回らない。

すると斗真が私の顎を持ち上げ、キスをした。柔らかな感触に、驚いて私の意識は一瞬覚醒する。

「ん！」

咄嗟に突き飛ばそうとする私の腕を捕まえ、すぐに唇を離した。

それ以上、私に触れることなくその場を離れていく。

何よ、今の不意打ちは。

文句のひとつも言いたいのに、私は疲労から再び眠りに落ちてしまった。

翌朝、目覚めると斗真は横にいなかった。隣で寝ていたのか寝なかったのかもわからない。しかしリビングで物音はするので、やはり昨夜の帰宅とキスは夢ではなかったのだろう。

まったく、なんなのよ、あの男。

のろのろと起き出し、スマホのアラームを鳴る前に消してリビングに入る。斗真がスーツ姿で新聞を読んでいた。すでに身支度はバッチリの様子だ。

「おはよう」

「おはよ……。早いのね」

「今日は先に出る。まどかは電車で来い」

スケジュールは確かに関西への出張だった。だけど、新幹線の発車時刻は九時くらいだったはず。

ルームウェアのまま、私はマグカップを用意する。斗真の前にはコーヒーメーカーがあり、その中には明らかに私の分もありそうなコーヒーができ上がっているのだ。

「出発前に、おまえに頼む仕事をまとめておくから、やっておけ」

「そのために早く出社するの？」

「新米秘書にはまだ指示が必要だろう。早く、何も言わなくても動けるようになってってもらいたいものだ」

嫌味にムカッとしながら、無造作にコーヒーを注ぐ。ついでに余った分を斗真のマグに注ぎ足した。

「それはどうも！　今日一日、お会いしないで済むから気がラクだわ」

「残念だが、夕方には帰社する。今夜は会食の予定もないし、まどかの作る夕食が食べられるかもしれないな」

何そのプレッシャー。どうせ、たいしたものは作れないと思っているんでしょう。だから、私に家事は期待しないとか言っているんでしょう。

「それじゃあ、今夜をお楽しみに。ピーマンは食べられないとか、子どもみたいなこと言わないでね」

「うまければなんでも食べるさ」

最高に感じ悪く言い、斗真はマグカップのコーヒーをぐいっと飲み干した。

出社していく姿を見送りもせず、顔を洗いに行く。

あー、面倒くさい。嫌な男。あんな男とこれから何年も何年も暮らしていかなければならないなんて、どんな修行なんだろう。

その日、私は昨日に引き続き、メールや電話応対、社内対応といった秘書業務をこなした。空いた時間で社長室と副社長室を掃除して、さらに斗真から伝達された仕事をこなす。

斗真から頼まれたのは、今後の大きなイベントやパーティーの会場選定や招待客の整理だ。来春までは決まっているものも多いから、その先の分を押さえるらしい。

『総務の貝原さんと連携してやれ』とのこと。貝原さんって、顔も知らなけりゃご挨拶もしていないんだけど。

午前のうちに、二階にある総務部に挨拶に行く。

貝原さんは総務部渉外課長だった。

「社長からお話は伺っています。それでは、午後にでも打ち合わせをしましょう。十六時からだと空くんですが」

総務部でも、社員が私を見る目は『零細企業の令嬢』『社長の政略結婚の相手』。物珍しそうに無遠慮な視線を投げかけられる。

別に本当のことだからいいけれど、かすかに感じるみじめな気持ちは、いったいいつなくなるんだろう。

一方、貝原課長は気さくなおじさんで、私に対して詮索するような視線は投げてこない。一緒に仕事をするのがそういう人で、ほっとした。

「それでは、十六時にまた参ります」

頭を下げ、総務部のオフィスから出る。すると、横からどん、と脇腹を突かれた。

うぐっ、痛い。よく見ると、私の脇腹にめり込んでいるのは、厚ぼったい封筒だ。雑誌でも入っているのかな。

それを私に差し出している……もとい、お腹にぶつけてきたのはボブヘアの女性だ。ぱっちりした目にエクステでボリューム山盛りのまつげ。オフィスでは主張が強すぎるように見える赤い口紅。可愛いけれど、派手派手しい女子だ。同い年か少し下くらいかもしれない。

「九谷まどかさん。これ、社長に届いている海外経営者団体の会報誌です」

「あ、ありがとうございます」

「斗真くんに渡してください。総務の桜からだって言えばわかります」

とうまくん？　そうむのさくら？

んん？

その気やすい文言に、私は首をひねりそうになる。社長相手に『くん』付けで呼ぶというのは、どういう距離の人なのかしら。

「よろしくお願いします」

「はい。承りました」

びっくりした顔のまま、書類を受け取り、頭を下げた。桜と名乗った女性社員は総務部に戻っていく。

斗真を名前で呼ぶ女？　元カノとか？　まあ、いいや。私には関係ないし。

考えるのも面倒なので、思考はストップ。十五階に戻ることにした。

午後に総務で打ち合わせをしているうちに、斗真は日帰り出張から戻ってきたようだ。そして私が社長室に戻る前に、圭さんや重役たちと経営会議に入ってしまった。

おかげさまで朝以来、顔を合わせずに済んでラッキーだ。

斗真の指示では、極力定時で上がれるように努めろとのことだったので、今日は堂々と定時に退勤する。斗真はまだ経営会議中。帰宅が一緒になるのは嫌だったので、早々に二藤商事本社ビルを出た。

斗真と顔を合わせないで済むって、これほど気がラクなのね。ずっとこんな感じでいいんだけど。

しかし、今日はこの後も重大な業務がある。

仕事の合間に、今日の夕食について考えていた。同棲してから初めて、私が夕食を作るのだ。

サバの味噌煮なんかはどうだろう。旬だから脂が乗って美味しいだろうし、父が好きだから何度も作った得意料理だ。新鮮な魚が手に入る専門店も、日本橋からさほど離れていない。寄って帰ろう。

けして『旦那様に美味しいものを食べてもらいたい』なんて殊勝な考えではない。私を突き動かしているのは、『よくも馬鹿にしたわね。絶対に美味しいって言わせてみせる』という負けん気。見ていなさいよ、名瀬斗真。

デパートの食品売り場でその他の食材も揃え、マンションに帰り着いた。斗真が何時に帰ってくるかわからない以上、早く作ってしまわなければ。

炊飯器をセットし、サバを調理する。今日は時短で切り身にしてもらったけれど、本当は自分で三枚おろしくらいできるんだから。……なんて、自分自身と、ここにはいない斗真に言い訳する。

サバを火にかけたら、生姜を千切りにし、副菜に小松菜をゆでる。これは斗真のご両親からの野菜。あとは、豆腐とじゃがいもで味噌汁を作り……夕食の完成。

我ながら、なかなかの手際だった。実はひとりで一食分すべて準備したのは初めてだったりする。手伝いはしてきたけれど、食卓に載るうちの一品だけ作るなんてことばかりだった。

だけど、さすが私。やればちゃんとできるじゃない。特にサバは絶対に美味しくできている。多めに作ったから、明日のお弁当にも持っていこう。その頃には味がもっとしみしみに……。

ドアが開く音がした。

相変わらず、『ただいま』も言わずに斗真が室内に入ってくる。

「オカエリナサイ」

私は事務的に言った。嫌そうな顔は、別に隠していない。愛想よくしても仕方ないもの。

「夕食、本当に作ったのか」

「悪い？　よければどうぞ」

ダイニングテーブルにずらずらと食事を並べながら言う。

興味なさそうに食卓を一瞥すると、斗真は一度寝室に引っ込み、部屋着にしているらしいTシャツとスウェット姿で現れた。手洗いまで済ませて食卓に着く。

「サバか」

「嫌いなら食べなくていいわよ」

返事どころか『いただきます』も言わずに、ぱくりとひと口。もぐもぐと咀嚼して私を見る。

自分でも気づかなかったけれど、私は気持ち、身を乗り出し、斗真を注視しながら感想を待っていた。

「普通」

斗真の感想は、なんとも味気ないものだった。

普通？　普通とは何よ。美味しいでしょ？　美味しくできてるでしょ？

しっかり煮込んだのよ。うちの父も好きな味なのよ。自信あるんだから！

「あらあら。セレブのお口には合わなかったのね」

苛立たしい気持ちで斗真の皿を下げようと掴むと、その手を押し留められた。

「何をする」

「いらないのかと思って」

「そうは言っていない。普通だ。食べられる」

再び配慮ゼロの感想を言い、斗真はぱくぱくとサバの味噌煮を口に運ぶ。味噌汁も口に含み、かすかに頷いている。

塩分は悪くなかったのかな。っていうかもう少しどうにかなんないの？　その態度。

すごく嫌な気分のまま、私も自分の食事に取りかかった。

うん。やっぱり、サバの味噌煮は美味しくでき上がっている。斗真の味覚が馬鹿なのだ。

あっという間に斗真は食事をたいらげ、自分で白米をもう一膳よそいにキッチンへ。鍋を覗き込んで、私に向かって言うのだ。

「残っているならもらうぞ」

「え、あ、うん」

私が曖昧な返事をしているうちに、斗真は残りのサバを皿によそい、二膳目のごはんのお供にして、たいらげてしまった。

明日、お弁当で持っていこうと思っていた分、なくなっちゃった。別にいいけど。

「ご馳走様(ちそうさま)でした」

最後の挨拶だけすると、自身の食器を流しに置き、斗真はリビングのソファに移動した。まだ食事中の私は、その行動を盗み見るようにしながら自身の箸を動かした。

大絶賛はされなかった。でも、おかわりまでしたってことは、そこそこ気に入ったのかしら。

どっちにしろ、ああいう言い方しかできないなら、作っても張り合いゼロだ。

心の中で舌を出しつつ、自分の食事を終える。

後片付けをして、和室のほうへ移動して少し休憩。リビングと間続きの和室の襖は半分閉めて、その陰にいるので、斗真とはお互いの顔は見えない状況だ。斗真は持ち帰った仕事を片付けているようだし、私は読書中。

ここで次なる問題が勃発。……というか、それはこの先もずっと続くものだ。

この後、一緒に夜を過ごさなければならない。

一昨日も昨日も、私が寝た後に斗真が帰ってきたからそういうことにはならなかった。だけど、今夜はたぶん……。

初めての夜、ホテルのスイートルームで、深夜まで離してもらえなかったことを思い出す。単純に欲求をぶつける相手とでもいうように、強引に抱く斗真。

そりゃ、全然気持ちよくなかったわけじゃない。むしろ、嫌いな相手なのに、感じてしまった自分に自己嫌悪を覚えたくらい。

だけど、『だから、身を任せてもいい』にはならない。

私は名瀬斗真が嫌い。嫌々婚約し、嫌々妻になる。この男も、私との間に子どもをもうけるのが目的でしかない。

そんな虚しい関係だ。身体を結ぶことに対して憂鬱になるのも、無理からぬことだと思う。

鬱々としている間に、斗真はさっさとシャワーを済ませ、リビングに戻ってきたようだ。

「まどか」

呼ばれて、びくりと肩が跳ねた。

「おまえもシャワー浴びてこい」

「いちいち指示しないで。私の好きなときに浴びるから」

「抱くから、早くしろと言ってるんだ」

直接的な言葉に、かっと頬が熱くなった。襖から顔を出して、斗真を睨む。

「なんだ、その顔。したくないか？」

「したくない……」

「初夜は、お互いそう悪いものでもなかったようだが」

斗真の揶揄（やゆ）に、余計に頬が熱くなる。おまえもちゃんと感じていたくせに、と言われているみたいで、苛立ちと恥ずかしさがない交ぜになる。

「俺の子どもを産むと約束したのはおまえだろう？　自分で言ったことを違えるな」

またその物言いだ。私の覚悟を疑うような、嘲るような言い方をして、私を挑発するのだ。そして、私はこの類いの売られた喧嘩はどうしても買わざるを得ない。つまりは斗真の思うつぼなのだ。

「わかったわよ！　するわよ！」

乱暴に言い放ち、斗真の横をすり抜け、シャワーを浴びに行った。

戻ってくると、斗真はすでに寝室で待っている。寝室に入るまでぐずぐずしていたけれど、もう腹をくくって、私はベッドに近づいた。

「変なとこ触んないでよね」

「禁止より、おねだりしたほうが、気持ちよくなれるんじゃないか？」

「うるさい。さっさと済ませて」

苛立たしく答える私は、斗真の腕に捕まり、それ以上は生意気な言葉を発することができないように唇を塞がれた。


目が覚めたのは早朝四時だった。隣では斗真がまだ寝息を立てている。私は重たい身体を起こした。

たっぷりと時間をかけて抱かれてしまった。恥ずかしくなるような言葉をたくさん言われたし、『許して』と懇願しても解放されなかった。

だけど、けして肉体的に無茶を強いられたわけではない。斗真は意地悪で冷淡だ。でも、ベッドの中では結構情熱的。初夜よりも、ずっと丁寧に、丹念に抱かれたような……気がする。

「男って、そんなものかしら」

ぼそりと呟く。斗真は眠っているし、冬が近づく室内はまだ日が昇らず暗い。

目が覚めてしまったので、起きてリビングを暖めて、コーヒーでも淹れようか。

ベッドから出ると、ドアのところで呼び止められた。

「まどか」

振り向くと、うっすらと目を開けた斗真がこちらを見ている。

「起こした？　まだ早いから寝てたら？」

「行くな」

ドキンと心臓が跳ねた。

斗真の言葉は命令なのに、その口調は哀願みたいだったから。行かないでくれ、そばにいてくれ。そんなふうに聞こえた。

表情は室内の暗さで見えない。だけど、気配だけが伝わってくる。

「な、何よ」

「俺より先にベッドから出るな」

さっきより、はっきりした声音。ベッドに近づくと、顔を見る前にシーツの隙間に引っ張り込まれた。

「ちょっと、斗真！」

「寝直すぞ」

斗真は私を逃がすまいと抱きしめ、あっという間に寝息を立て始めた。どうやらこれらの行動はすべて、寝ぼけた状態で行われていたらしい。

「も～」

唸(うな)ったけれど、斗真は起きない。朝の空気で冷えた身体が、斗真の温度で温まっていく。

嫌な男に抱きしめられて眠るなんて……。

そう思いつつ、私は心地いい温度に誘われ、再び眠りの世界に落ちていった。

花嫁には試練がたくさん

斗真と同棲を始め、二藤商事に転属し、一週間と少しが経った。とりあえず、日々の暮らしには慣れてきた……ような気がする。

ふたりでパンやシリアルで簡単な朝食をとり、出勤。社長とその秘書としてそれぞれ仕事をこなし、夕方帰宅。斗真の帰宅は遅い日もあるけれど、早く帰ってこられる日は一緒に夕食をとる。

これだけ聞けば、仲のいい同棲カップルの当たり前の日常。

しかし私と斗真は仲のいいカップルではないので、これらの日々は常に険悪なムードに満ち満ちている。

さらに、ベッドはひとつ。嫌がろうが何をしようがこれは変わらずだ。強引に抱かれる日もあれば、気が向かないのか、先にぐうぐう眠ってしまうこともある。

私の意思はまったく尊重されないので、少なくとも恋人として扱われてはいない。恋人として扱われたいわけじゃないけれど、ひとりの人間として敬意は払ってもらえていないことに腹が立つ。

仕事のほうは、ひとまず毎日の業務は理解した。そして、関わる人の顔と名前と役職は一致したという程度。おそらく仕事を覚えれば覚えるほどやることが見つかり、忙しくなるパターンだ。

しかし、この仕事という一点においては、斗真に感謝している。クタニの社員と切り離され、新しい環境での仕事は、ストレスより充実感に満ちていた。

できる仕事が増えるのは楽しいし、二藤商事という大企業の中枢で経済の流れを見るのは勉強になる。単純に楽しいのだ。

これが、社長夫人として毎日家に閉じ込められる日々だったとしたら、どうだろう。きっとストレスで病気になっていたに違いない。

「それじゃあ、まどかちゃん、行ってくるね」

のんきな声で圭さんが言い、斗真と連れ立って立ち上がる。

今日、斗真と圭さんは銀座(ぎんざ)にあるすき焼きの老舗店(しにせてん)で会食だ。相手は、国内大手建材メーカーの会長。

こうした会食は月に何度かある。お相手は取引先の重役のこともあれば、政財界の大物なんてこともある。天下の二藤商事の人脈は、中小企業の出身者には驚くことばかりだ。

「十五時くらいまで待っててくれれば、美味しいすき焼き重、お持ち帰りするよ」

圭さんは私に不自由な思いをさせまいと、いろいろ気遣ってくれる。ちょっと変わり者みたいではあるけれど、ムカつく斗真と比べたら、一緒にオフィスにいても居心地のいい相手だ。

斗真とは年の近さもあって、叔父と甥というより、兄弟みたいに見える。ふたりとも似た系統のイケメンだし。

「私のことはお気になさらずに。お仕事をしていらしてください」

「気にするよ～。斗真がやっと見つけたお嫁さんだもん」

やっと見つけたってわけじゃないと思う。仕事上、『これでいいや』『まあちょうどいい』くらいの感覚で選ばれた気がする。

そして厳密に言えば、まだ嫁ではない。

斗真との結婚式は半年先の春で、入籍もその頃。これは、斗真のスケジュールだけじゃなく、ご両親やおじいさんのご都合だとか。

はあ。それまでにこの状況を変えられないかな。父が元気になって、『新生クタニを創業しよう』と言いだすとか、斗真が電撃的な恋に突然落ちて、『おまえとの結婚はやっぱりいいや』って言いだすとか。

……これはあまりにもご都合主義な妄想だ。わかっちゃいるけれど、私の頭の中で本音の部分が言っている。逃げ出したいって。

「あれ？　もしかしてまどかちゃん、肉は嫌いだった？　お土産はスイーツのほうが嬉しい？」

心配そうに圭さんが私の顔を覗き込んでくる。キラキラのイケメンスマイルが間近にあって驚いた。

「いいえ！　お肉大好きです！」

「なら、よかった。お昼ごはん軽くして待っててね」

圭さんが微笑んで、顔を離す。

ああ、驚いた。近くで見ると、斗真と目元がよく似ている。声質も……って、別に斗真にドキドキしているわけではないんだから。

私と圭さんのやり取りを、斗真が陰険な目で見ていた。

どうせ、私が圭さんを味方につけて、大きな顔をするんじゃないかと心配してるんでしょう。そんなことしなくても、あんたに言いたいことは直接言うわよ。

「社長もお気をつけて。決済書類、お目通しいただけていないものは午後にお願いしますね」

「よく確認しろ。もう、済んでいる」

斗真は氷のように冷たい声音だ。

はいはい、それは失礼しました。お仕事早いんですね。

「圭さん、行きましょう」

斗真は圭さんを伴って出かけていった。

確か会食の前に、建材メーカーの工場視察が入っていたはず。斗真も圭さんも忙しいことは間違いない。

二藤は総合商社なので、扱う商材が多岐に渡る。今さらではあるけれど、斗真にはもっといい政略結婚の相手がいたんじゃなかろうか。そんなことを思ってしまう。

確かにコミネ紡績の特殊繊維は単価も高く、エンドユーザーは国際的な企業や団体なので、利権としては大きい。だけど、クタニを救って、結婚相手を決めてまで欲しいものだったのかしら。

まあ、頭はよさそうだし、私より何手も先を読んでの決断でしょうけれど。

そう考えれば、斗真もまた、結婚相手を恋愛で選ぶ権利はなかったのだ。心の中で舌を出す。

私なんかで残念でしたねー。

でも、なんとなく思う。斗真は恋愛に力を割くタイプじゃないのだろう。女の人は跡継ぎを産んでくれる存在であり、〝それだけ〟なのだ。

私も恋愛に熱心なタイプじゃなかったけれど、斗真みたいに妻も駒としか見ていないような冷血漢ではない。きっと私たちはどこまでも相容れない。

もういい。斗真のことを考えていないで、仕事に取りかかろう。


午前の早い時間に、社長室を訪れる人があった。

「失礼します。社長はいらっしゃいますか？」

入室してきたのは、先日会った総務の桜と名乗った女性だ。艶々のボブヘアに、本日も真っ赤な口紅。オフィスカジュアルは清楚系でまとめているのに、ざっくりと開いたブラウスの襟ぐりから、セクシー路線のアピールもうっすら感じる。

「社長は外出です。帰社は十五時くらいと伺っています」

社長室の片隅に設けられた私のデスクから立ち上がり、桜という女性に向かい合う。

「用件でしたら、私が」

あくまで秘書として言ったつもりだ。しかし、彼女は私にきつい視線を送ってくる。

「結構です。直接、斗真くんと話したいので」

おおっと、出ました、名前呼び。親密アピール。

そして同時に、ものすごい敵意を感じる。口調も視線も圧が強い。

「申し遅れました。私、総務部庶務課の那須野桜です。社長、斗真くんとは四歳違いで、幼い頃から仲良くさせていただいているんです」

けしてフレンドリーではない口調と、人形のごとく硬い表情で、那須野桜さんとやらは挨拶をする。

ん？　四歳違い？

ということは彼女、私よりふたつ年上？　二十八歳になる年？

雰囲気と態度から、同い年か年下だと思っていた。でも、それって若々しいって意味じゃなくて……なんていうか、子どもっぽいっていうか……。

「まどかさんって、二十五歳なんですって」

「ええ。来月、二十六ですが」

「あら、私より年上に見えましたわ。それに噂から、もっと女性的な印象の方だと想像していましたけど、実際にお会いすると、思ったより……」

そこでクスクスと笑ってみせる那須野桜さん。

おやおや、挑発されているみたい。

すみませんねえ、老け顔で。それに、社長夫人っていうか、泥くさい営業職女子って感じがするでしょう？　中小企業の営業だったものでねえ。でも、子どもじみたアラサーよりマシではないかなあ。

反論するのも面倒なので、ニコニコしておく。

「斗真くんは、会社のためにあなたを選んだんです。それはご存じでしょう」

「はい。もちろん」

私だってそうだ。仕方なく、この結婚を受け入れた。

「それなら、彼がよそに恋人を持つことは、当然許してくださるんでしょう？」

「はあ」

「彼の立場にあって、恋愛感情で妻を選ぶのは難しいですから」

どうやら、那須野桜の用件は牽制と許可申請のようだ。本妻は譲ってやる、愛人に立候補するけど黙っていなさいよ、という。

現時点、斗真と恋愛関係にあるのかどうなのかは知らないけれど、彼女が斗真を大大大好きなのは伝わってくる。

趣味悪いなあ。名瀬斗真だよ。顔と地位以外どこがいいの？　というか、堂々とこんなことを言いに来る女ってどうなのかしら。今、業務時間だけど、いいの？

「まどかさん？　ご理解いただけた？」

ひとつ嘆息し、私は口を開いた。

「斗真さんの恋愛については、私が口を挟むことではありません。私と彼はビジネスパートナーのようなものですから」

ここまでは彼女の望むような答えだろう。私は諦めたというように首を左右に振って続けた。

「私の一番の仕事は、二藤商事の跡取りを産むことだそうです。それは誠心誠意務めさせていただきます」

私の返事に、那須野桜がぎりっと唇を噛みしめた。それまでの人を小馬鹿にしたような笑顔が一転、溢(あふ)れ出た憎しみを抑えきれないといった鬼の形相に変わる。

ああ、この人の性根はこちらなのだろう。本当は私に本妻だって譲りたくないのだ。そりゃそうよね。大好きな男が、気持ちがあろうがなかろうが他の女を抱いて、子どもを産ませようとしているんだもの。

でもね、那須野桜さん、私はあなたに同情しないし、味方になんかならない。斗真が好きなら、わざわざ仕事中に私に牽制しに来ないで、斗真にガンガンアタックかけなさいよ。付き合ってるなら、『私のためにあの女と別れて』って怒りなさいよ。

「恐れ入りますが、これから電話を一本かけなければなりません。もう、よろしいでしょうか？」

ニッコリ微笑んだまま私が伺いを立てると、那須野桜はぷい、と顔をそむけた。

「……お邪魔しました」

ぼそりと呟き、面白くなさそうな顔のまま社長室を出ていった。

私は椅子に戻り、背もたれに身体を預けた。どっと疲れていた。

面倒くさい。こんな対応も仕事に入るなら、別途手当をもらってもいいくらいだ。

あの手の性格のきついタイプの女子と交流がなかったから、この一時のやり取りでもくたびれた。彼女と付き合っているとしたら、斗真も相当趣味が悪い。


十五時過ぎに、斗真と圭さんが戻ってきた。

ふたりに留守中の引き継ぎを手短にする。那須野桜の件はさりげなく、『お見えになりました』とだけ伝えておいた。斗真は表情を変えなかった。

「まどかちゃん。はい、お土産〜」

約束通り、圭さんはすき焼き重をテイクアウトしてくれていた。老舗のすき焼き重はずっしりと重たく、蓋が閉まっていてもいい香りだ。

「ありがとうございます」

「あったかいうちに食べちゃってね」

「でも」

一応、勤務時間中だ。帰って食べて、私は夕食を少なめにしようかと思っていたんだけど。

すると、斗真が私のデスクにどん、と湯呑みを置いた。一瞬姿が見えないと思ったら、まさかお茶を淹れに行っていた？

「いいから食べろ。俺と圭さんも休憩だ」

自分のデスクにもふたつ湯呑みを置く。バッグを置いた圭さんが戻ってきて、斗真に大福の包みを渡している。

「三人で休憩しようよ。俺と斗真、この後会議だし。エネルギーチャージしなきゃ」

私が食べやすいように気を使ってくれているみたいだ。それはちょっとありがたい。

「では、いただきます」

「まどかちゃんの分の大福もあるよ」

「ありがたいです。でも、そんなに食べられるかしら」

「食べられるだろ。小食ぶるな」

斗真の意地悪な突っ込みを、ギッと睨み返す。文句は言わなかったものの、敵意丸出しの表情はしっかり圭さんに見られていたみたい。圭さんは私たちを面白そうに見ていた。

お昼は栄養補助食品のビスケットだけだったので、すき焼き重と大福は五臓六腑に染み渡る美味しさだった。


二藤商事勤務となって本日で二週間。私には困ったことが起こっている。

「まただ。また届いてない」

開けた段ボール箱の中に目当ての備品を見つけられず、私は落胆した。オフィス用品を総務経由で発注するのだけど、必ず何点か抜けがあるのだ。

ボールペンとかクリアファイルとか、たいしたものではないとはいえ、これで三回目。メールを確認すると、私が誤発注しているわけではないので、間違いなく取りまとめしている総務のミスだ。

「どうした、まどか」

デスクでため息の私に斗真が話しかけてくる。先ほど会議から戻ってきた斗真は、夕方まで社長室で仕事の予定だ。

「なんでもありません」

「備品、足りないのか？」

「いいえ、問題ないです」

つっけんどんに答えて、私は届いた備品を整理し始めた。

頼んだ備品が届かない。これはもう絶対に、あの女、那須野桜の仕業に違いない。

一度や二度ならわかる。だけど、三回も間違われたら故意を疑わざるを得ない。そして、備品の発注は総務部庶務課の仕事だ。私は庶務課の若手社員にメールで発注しているけれど、取りまとめは彼女だと聞いている。

びっくりするくらい、みみっちい嫌がらせ。かかずらっているのも馬鹿らしいので、あえて無視することにした。

そうだ。今度から絶対欲しいものは自分で買いに行こう。

総務を通さないでオフィス用品を揃えれば、経理から何か言われるかもしれないけれど、斗真がくれたブラックカードを使ってやるわ。ふふふ、社長マネーで社長室の備品を整えるんだから。誰にも文句は言わせないわよ。

「社長、すみませんが、ちょっと買い物に出てきます」

オフィスなので一応、上司扱いで声をかける。ひとまず、これから使いたかったクリップと付箋が一式届いていないので、コンビニまで買いに行きたい。

「それなら、俺も出る」

斗真がデスクから腰を浮かせる。

「外出は夕方ですよね」

「ちょうど昼どきだ。一緒に飯でも食おう」

「はあ!?」

あからさまに私は嫌そうな声を上げた。

「嫌か」

「嫌」

「まあ、おまえに拒否する権利はないが」

しれっと斗真は言う。

「毎日、一緒にごはん食べてるんだし、昼くらい別々でいいじゃない」

「今日の夕食は遅くなるから、おまえと食べられない。土日もまどかは実家に帰りっぱなしの悪い嫁だったからな。放り出された新婚の夫は、ひとり寂しく飯を食べていたんだぞ」

「まだ結婚してないし」

私と一緒にごはんを食べたいなんて望んでいないくせに。寂しいなんて口ばっかりのくせに。どうせ、これは私に上下関係を植えつけるための仕事のひとつなのだ。未来の夫の言うことを聞け、という。

「蕎麦がいいな。蕎麦にしよう」

「私、買い物がしたいだけなんだってば。お昼もコンビニで買うからいいの。ほっといて」

「蕎麦だと俺が決めたから蕎麦だ」

聞く耳を持つことなく斗真は私の前に立ち、社長室を出る。

ああ、面倒くさい男！

そしてエントランスに下り立ったところで、最悪の出会いが実現した。受付の女性社員と話している那須野桜と遭遇してしまったのだ。

「斗真くん」

明るい声を上げて、駆け寄ってくる彼女。

いいのかな、受付の子と仕事の話をしてたんじゃないの？　さらにエントランスには社員や来客の姿がある。そんなにフレンドリーでいいの？

おそらく彼女は、私だけじゃなく、常日頃から周囲に『社長と幼馴染み』アピールをしているのだろう。

「久しぶり。ちょっと痩せた？　ごはん食べてる？　お仕事、相変わらず忙しいのね。父が斗真くんにすごく会いたがってたわ」

ぺらぺらぺらっと勢いよく言葉が出てくる。視線は斗真に絡みついている。

斗真の反応はどうだろう。政略結婚の相手と幼馴染みに挟まれて、どんな顔をするのかな。意地悪な気持ちで、ちらりと眺めてみる。

「久しぶり。お父上によろしく伝えてくれ。年明けにパーティーで顔を合わせるとは思うが」

見事なくらい斗真は無表情だ。

あらら、これは那須野さんの片想いなのかな。それとも私の手前、親しいのを隠したいとか？　私に隠す必要ないでしょう。

「ランチに行くの？　もう少しでお昼だもんね。私も斗真くんと一緒に行きたいな」

甘えた声を出して、上目遣いで斗真を見上げる那須野桜。徹底的に同性ウケしないタイプだ。というか、私は一緒にランチなんか絶対に嫌だから、斗真がＯＫしたら即逃げよう。

しかし、斗真はあっさり断る。

「秘書との打ち合わせも兼ねている。知っていると思うが、秘書で婚約者のまどかついでに紹介され、慌てて会釈をした。挨拶済みだとか、宣戦布告的なことをされているとか余計なことは言わない。

赤い唇に指先を持っていって、那須野さんは微笑んだ。

「もうご挨拶させてもらったの。まどかさん、備品はちゃんと届いたかしら」

そう言って、私にニッコリ挑戦的な笑顔を向ける。

はいはい。付箋とクリップは届かなかったけれど、わかりやすい悪意なら届いているわよ。

「どうもありがとうございました」

だけど、そんなくだらないことを斗真に告げ口したくもない。ひと言だけ答えて、あとはニコニコしておいた。

エントランスを出るとき、背中にべったり貼りついたような彼女の視線を感じた。

ああ、ただでさえ喜ばしくもない結婚なのに、夫を狙う女の嫉妬になんか巻き込まれたくない。

結局、斗真との昼食を断るのも面倒くさくなり、仕方なく後をついていく。

オフィス近くのお蕎麦屋さんは、路地の奥にある割と新しい店だった。

斗真が美味しいと言うので、天ぷら蕎麦を一緒に頼む。かき揚げとエビ天の載った温かなお蕎麦は、木枯らしの吹く初冬にはぴったりの食べ物に思えた。

「美味しい」

ひと口すすって、思わず素直な感想がこぼれた。

「だろう」

無表情だけど、斗真は明らかに満足そうだ。私は夢中でずるずるとお蕎麦をすする。天ぷらも味わう。

「お出汁がすごく香ばしいのね。かき揚げもサクサク。美味しい」

「一昨年できたばかりの店だが、うまいし、さほど待たずに食べられる。圭さんと結構来る」

店内は男性の会社員が多く、食べるとさっと出ていくので回転は速そうだ。

「天丼もあるんだ」

「天ぷらを選べるぞ。今度来たときは天丼にすればいい」

そこで私は、はっとする。苛立ちからの美味しいもので、一気に気が緩んだせいか、斗真と普通に会話をしてしまった。いつも最低限しか喋らないようにしているのに。

「つ、次はひとりで来る。斗真とは来ない」

「好きにしろ。跳ねっ返りって、今どきそんな言葉使わないから」

「跳ねっ返りめ」

「それなら、おまえという女を表すいい表現が見つかってよかったな」

私も斗真もツンツンしながら、お蕎麦を食べた。だけど、お蕎麦は不機嫌な気持ちを溶かしてしまうくらい美味しい。美味しい店を教えてくれたことだけは、感謝してやってもいい。

……まあ、私の作った料理は相変わらずろくに褒めもしないけどね。

「那須野桜の父親は、ＭＭＫの重役だ。二藤とは付き合いが長く、父親同士の仲がいい」

突然、斗真が言った。ＭＭＫはクタニとも取引があった大手の建材商社だ。

さっきの件の言い訳かな？

「割ときついところのある女だ。本人は俺の妻になるつもりでいたようだし、面白くないと思っているかもしれない。何か嫌なことをされたら言え」

那須野桜の好意に、斗真はきちんと気づいているようだ。それでさっきの態度ってことは、どういうことなんだろう。

「彼女とは付き合ってないの？　今も昔も」

「ああ。付き合っていない」

「彼女を選べばよかったじゃない。顔、可愛いし、スタイルもいい感じだし、私より年も近いし、斗真のこと好きみたいだし」

そうすれば、私が嫁いでくる必要なんかなかったのだ。クタニは利権だけ差し出して終わりだった。その結果、コミネ紡績に代理店から除籍されても仕方ないという話になっただろう。

箸を置いて斗真が私を見た。

「顔やスタイルで人を好きになるのか？　おまえは」

私はむっとする。

何、その言い方。斗真は私のことを、好意もないのに娶ったのだ。道具として買い取ったのだ。

「好きでもない相手と結婚できる斗真に言われたくない」

「……そうかもな」

斗真はひっそりと言い、残りのお蕎麦をすすった。なんとなく無表情がさらに暗くなった気がする。

顔やスタイルで人を好きになるのは無理だって、私もわかっている。それなら、私はとっくに斗真を好きになっていてもおかしくないもの。斗真は、見た目だけは百点満点だ。

斗真は何が言いたいんだろう。那須野桜は好きじゃないけれど、他に心で結びつくような女性がいる、もしくは、そんな女性を探しているって言いたいのかな。

「まあ、私は斗真と恋愛で結びついたわけじゃないから」

前置きして言う。那須野さんを擁護したいのではない。どちらかといえば、斗真に恋愛観や恋愛に対する思いがあるなら、そちらを尊重しておくってだけ。

「愛人でもなんでもお好きにどうぞ」

斗真は顔を上げなかった。湯呑みのお茶をぐい、と飲み、財布からお札を取り出して置くと、まだ食べている私に言う。

「先に戻る」

「え、ちょっと」

一緒に食べに行こうって言って、それ？

だけど引き止めるのも変なので、私は黙って斗真の背中を見送った。

恋愛観に口出しされて面白くなかったとか？　生意気だと思った？

なんなのよ、斗真。

その日以来、私への嫌がらせは少々エスカレートし始めた。

総務と経理への提出書類が、すべて差し戻される事件が起こったのが翌日。庶務課からもらった書類の形式が古いものだったことに端を発する。

古い書式を渡してきたのは那須野さん。これは私ひとりでどうとでもなることだったので、時間はかかったものの、新しい書式で作り直した。

さらに翌日、私のオフィス用のサンダルが、ランチで外に出ている間になくなった。普段、社長室の私のデスクの下に置いてあるものだ。

捜したところ、給湯室のシンクでびしょびしょになっていた。これに関しては誰がやったという証拠もないので、犯人を捜す気はなかった。

またまた翌日、私のデスクの引き出しの中身が全部ゴミ箱に捨てられていた。社長室は不在時に鍵をかける。しかし、合鍵は総務に常に置いてある。

こんな小学生みたいな、わかりやすいいじめをされると思わなかった。

だけど、私は傷つかない。いじめ撃退のセオリーは〝無視〟だ。この件にも特にアクションを起こさずにいた。

その日の午後には、借りると言っていた資料室の鍵を他部署に先に回されてしまい、仕事が滞るという事件も起こったが、これまた無視した。

飽きるまでやらせておこう。どうせ実行犯は那須野さんだ。ひとりでできることは限られているし、私への攻撃だけなら問題ない。

嫉妬心が頂点に達しているのだろう。そのうち、どうにもならないことだと理解すれば落ち着くはず。彼女だって、そこまで子どもではないと信じたい。

「まどか」

定時過ぎの社長室。退勤準備に掃除をしていると、斗真に話しかけられた。

「なあに。あ、夕食？　アジを焼くつもりよ。食べたければどうぞ」

「違う。……おまえ、何か困っていること、ないか？」

冷たい無表情には、わずかに緊張感が見える。すぐにピンときた。斗真は私が何かされていると察しているのだ。

私も隠しているし、詳細はわからないかもしれない。だけど、様子が変なことは気づいているのだ。

もしかしたら、私の知らないところで那須野さんが接触していたりして。那須野さんの言動から、私への嫌がらせに気づいているとか……。

「何もありません」

なんでもいい。私は斗真に頼る気はまったくないのだから。

「本当か？　二藤に入ったばかりで、やりにくいこともあるだろう。そういうときは言え」

「社長が鶴のひと声？　妻を尊重しろって？」

私の言葉が皮肉げに聞こえたのだろう。歩み寄ってきた斗真が間近く私を見下ろす。

無表情には、かすかに苛立ちが見えた。

「一応、おまえの夫だからな。気遣っているつもりだが」

「虎の威を借る狐になりたくないだけ。それに、問題ないって言ってる」

嫉妬に狂った女のいじめなんて気にするだけ無駄だ。背負うはずだった会社を失った痛みと比べれば、たいしたことじゃない。

斗真に借りを作って、守ってもらう理由はない。そう、一番はそれ。斗真なんかに頼りたくない。

すると、斗真がどっと肘を壁についた。私は斗真の身体と壁に挟まれた格好になる。

「おまえにできることは、たいしてない。自分を過大評価しているんじゃないか？」

「自分をできる女だなんて思ってない。斗真にしてもらうことはないと言ってるの」

「本当に大丈夫なんだな」

ものすごく近くにあるのは、焦れたような斗真の顔。たぶん私の頑なな態度に怒っているのだ。だけど、私は従順な花嫁じゃない。

「大丈夫よ！」

負けじと怒鳴り返した。

それから斗真の身体を押しのけて、置きっぱなしにしていた掃除機を片付けに、給湯室のロッカーへ向かった。


大きな事件は翌日に起こった。

この日は、二藤商事の株を保有する取引先数社との定例会議が、本社会議室で行われることとなっていた。

二藤側の出席者は斗真と圭さん、専務の三人だ。

午前中から始まった会議は、昼食を挟んで午後まで続く予定となっている。ランチはお弁当を発注してある。二藤がこういったときに利用している小石川の懐石料理の老舗だ。

しかし、会議が始まってすぐに、渉外課の貝原課長が社長室にやってきた。

「まどかさん、ちょっとごめんね。気になることがあって。このメモなんだけど」

貝原課長いわく、庶務課の若い社員が昨日電話を受けて、メモを残したらしい。その社員は、どこに尋ねればいいかわからなかったけれど、急ぎではなさそうだと判断したとのこと。

「前日なのでお弁当のキャンセル料が三十パーセント……。昨日、総務に電話があったんですか？」

「総務はどこの部署からも弁当の発注を頼まれていない。ここの懐石弁当を使うときは社長関連だから、まどかさんかな、と」

「手配したのは私です。でも、キャンセルなんかしていません」

「そうだよね。そもそも総務に電話が来るのがおかしい」

私は貝原課長と顔を見合わせた。ふたりとも青くなる暇もなく電話に飛びついた。

「やっぱり、キャンセルされてる……！　誰がこんなことを！」

お弁当を頼んでいた料亭の担当者は、昨日の午後に女性の声でキャンセルの連絡があったと言う。もちろん私は電話していない。

店側は、キャンセル料金を伝え忘れたとすぐに気づき、着信履歴からたどって電話をかけたのだそうだ。

つまり、キャンセルした女性は総務部庶務課の誰かに違いなく、きっと彼女なのだろうけど、それに言及している暇はない。このままでは会議の昼食が間に合わない。昼食が用意できないということは、会議に集まった面々の前で、斗真の面子を潰してしまう。二藤の失態になってしまう。

斗真個人は気に入らない。だけど、彼は二藤商事の社長なのだ。私たちが盛り立ててやらなければならない存在だ。

「待ってください……心当たりを……」

その辺でお弁当を買ってきて、というわけにはいかない。懐石料理店の松花堂弁当くらいの格の料理を用意しなければ。

「まどかさん、昼食まで二時間です。贔屓にしているフレンチや料亭に片っ端から電話してみましょう」

「……貝原課長、いいことを思いつきました!」

私はスマホを手に取った。アドレス帳を探る。

もう何年も使っていない電話番号だ。出てくれるといいんだけど。

「ミサエさんのお孫さん、今日はありがとうね。まいどあり」

威勢のいい声を上げて、大鍋と大きな炊飯器をワゴンに積むのは、実家近くの洋食店・キッチンイイサカ店主の飯坂（いいさか）さん。恰幅（かっぷく）のいい年配の男性だ。

「こちらこそ、ありがとうございました。急にお願いしたのに。お客様、みんな温かなランチに大喜びでしたよ」

食器などの入った段ボール箱を飯坂さんに手渡し、私は改めて頭を下げた。

「いいのいいの。ミサエさんには入院中お世話になったからさ。お孫さんに恩返しできてよかったよ。あったかいランチは、高級弁当にも引けを取らないでしょ。よかったら、また使ってよ！」

「はい、ぜひ！」

走り去るワゴンを、手を振って見送った。

「いやあ、まどかさん。やりましたねえ。下町の洋食屋さんに温かなランチを頼むなんて」

貝原課長が驚いた顔で私に拍手をしてくれる。

「祖母がお世話になった人なんです」

私が思いついたのは、知り合いの洋食店を頼ることだった。飯坂さんは私の祖母が入院中に仲良くしてくれたおじさん。祖母は人気者で、入院中なのに老若男女問わず多くの友達を作っていた。

祖母が亡くなって、飯坂さんが元気に退院してからも、何度か店に足を運んだ。今は息子夫妻に店を譲っているけれど、一番人気のビーフシチューは必ず飯坂さんが仕込むのだ。

お願いしたら鍋ごと持ってきてくれた。今日のキッチンイイサカはビーフシチューが売り切れで、お客さんには申し訳ないことをした。

「お客様も喜んでいましたが、副社長が喜んでいましたねえ。お店の場所、メモしていましたもん」

「圭さんは今夜にもまた食べに行っちゃいそうですね。キッチンイイサカが繁盛すればいいですけど」

くすりと私が笑うと、貝原課長が真面目な顔になる。

「まどかさん、今回のことですが……」

貝原課長は、誰が何をしたか見当がついているのだろうか。きっと、総務内で調べればすぐにわかるはず。誰かが昨日、今日のお弁当を勝手にキャンセルした。

「社長に報告はいらないです。私のミスと伝えますので」

「ですが、まどかさん。庶務課の人間の勝手な行動です。私は渉外課ですが、庶務課の課長と話すつもりですよ」

「でしたら、私も総務部にご一緒します」

二階にある総務部のオフィスには、貝原課長との打ち合わせで何度か行っているけれど、庶務課とはメールでのやり取りばかりだった。オフィスに入ると、今日は直接庶務課のデスクに向かう。

那須野桜はデスクに腰を引っかけるように乗せ、マグカップでコーヒーを飲んでいた。仕事中にゆとりたっぷりの態度だ。きっと私に問いつめられてもしらばっくれるつもりだろう。

だから私は彼女の前に立ったとき、〝問いつめる気〟はまったくなかった。

「那須野さん」

「なんですか？　怖い顔」

貝原課長と、庶務の課長が見守っている。私はなるべく騒ぎにならないように、低い声で言った。

「これは私のひとりごとですが、聞こえるように言いますね。私個人に何をされるのも結構。気になりません。ですが、この会社の不利益になることをするなら、許しません」

彼女が私をギッと睨む。

本性丸出しの顔だ。きっとこのオフィスじゃ見せていないんでしょうね。

「今日の出来事は、私に恥をかかせようと仕組まれたことでしょうが、名瀬斗真の面子を潰しかけました。この会社のトップを陥れようとしていた人間を、私は絶対に許さない」

「何よ、よそ者のくせに。あんたなんかお金で買われて結婚したんじゃない」

彼女もまた、周囲に気取られないよう、噛みつぶすみたいな小声で言う。口調から憎しみが伝わってくる。

ええ、その通り。私はお金で買われた花嫁。

足りなかった秘書業務を担い、二藤の後継者を産むのが仕事。

斗真の恋人じゃない。

だけどね、私には私の矜持があるのよ。

「よそ者上等よ。二藤に内部から穴をあける害虫の百倍マシ。今日は見逃すわ。だけど、次はないわよ」

今まで穏便な態度しか見せていなかったし、いじめにも文句ひとつ言わなかった。だから、私に低い声で言い渡されて、那須野桜は驚いているようだった。

「久谷まどか。あなた、とんでもない本性があったのね。斗真くんは知らないでしょう。斗真くんに伝えなきゃならないわ」

悔しそうに言う彼女は、もう精神的に私に負けている。私は厳然と言った。

「お好きにどうぞ。私は那須野さんの可愛い悪戯は誰にも言いつけないから、安心してちょうだい」

それに斗真は、あんたの百倍くらい私にきつく当たられてるわよ。……なんてことは言わずに踵を返した。

このやり取りは、あくまで課長ふたりにしか見られていなかったと思う。しかし、那須野桜の起こしたことを、庶務課長も貝原課長も放っておかないだろう。私は別にどうでもいい。嫉妬に駆られた女なんか知らない。

だけど、斗真は別だ。どんなに気に食わなくても、彼が二藤のトップなのだ。

誰にも足を引っ張らせたりしない。二藤を守ることが、ひいてはクタニのみんなを守ることに繋がるのだから。

「まどかさん！」

総務のオフィスを出て、エレベーターに乗ると、先に乗っていたのは宝田営業部長だ。現在は第八営業部長を務めてくれている。部下の衣川（きぬかわ）くんも一緒で、彼は私のひとつ年下の営業社員だ。私のことを姉のように慕ってくれていた。

転属してきて、間もなく三週間近く経つけれど、こうして社内で会うのは初めてだ。

「宝田さん、衣川くん。お久しぶり。そちらはどう？」

「元気です。まどかさんの顔が見られて嬉しいです」

衣川くんが無邪気な親愛を見せてくれる。宝田さんも嬉しそうに笑顔で言った。

「お時間があれば、ぜひ第八営業部に寄っていってください。みんなまどかさんに会いたがっていますよ」

二藤に転属してから、私は第八営業部を訪れていない。環境が変わって忙しかったと言えば言い訳だ。私はどこかで、旧クタニ社員への罪悪感を抱えていた。経営者の娘として、会社を守れなかった責任を感じて、顔を合わせづらかった。

「ええ。じゃあ挨拶に寄らせてもらおうかな」

いつまでもそんなことを言っていられない。私はここで頑張らなければならないし、クタニの仲間たちにもそれを望んでいる。

五階でエレベーターから降り、廊下を進む。

「発注のシステム自体が変わりましたから、受注入力なんかまだ慣れないですよ。在庫の引き当てもシステム内でやるんですがね」

宝田さんの説明に、私は頷く。

「私もツールは見たけれど、慣れないと大変そうね」

「社内ルールみたいなものもまだわからないことだらけで、老骨に鞭打ってますよ」

宝田さんは父の腹心の部下だった。最後まで父の退職を引き止めてくれたのも、この人だ。今は残された社員のため、第八営業部の業務も、他部署とのやり取りも先陣を切って頑張ってくれているようだ。感謝してもしきれない。

「総務や経理のみんなは、どう？　全員が営業部に移った形だから、営業活動は初めての人も多くて戸惑っているんじゃないかな」

「苦戦はしていますが、まあぼちぼちです。二藤の上層部からも、すぐに数字を出せとは言われていませんし。そこは助かったなあと思っています」

「まどかさんは大丈夫ですか？　ご苦労も多いのではないですか？」

心配そうな顔で、衣川くんが私を見つめてくる。きっと、私が政略結婚で肩身の狭い思いをしていると慮ってくれているのだろう。思ったより風通しはよくて、肩身は狭くないけれど、いろいろ大変とは言わないでおく。

「平気よ。私、図々しいからね。社長夫人になってもう少し影響力を持てたら、みんなにもっとラクさせてあげるからね～」

力こぶを作って、冗談を言ってみせるけれど、宝田さんも衣川くんも申し訳なさそうに顔を伏せる。

「まどかさんのおかげで私たちは救われたようなものだと、クタニの社員一同言っています。みんながまどかさんに感謝していますよ」

「むしろ、経営者の娘としてみんなにかけた迷惑は大きいわ。こんな形でしか社員の生活を保障できなかった。申し訳ない。私にできることは、これからもどんどんしていくから」

悔しそうに衣川くんが拳を握りしめる。

「まどかさんだけがつらい思いをされているのは、我慢できません」

「本当に私は大丈夫」

「こんな方法でコミネ紡績の利権を手に入れた二藤は、汚い。俺は久谷社長とまどかさんが守ってくれたことが嬉しかったから、ここに残っていますが、二藤は好きになれないです。この先もきっと」

衣川くんの言葉に、宝田さんが首を横に振る。

「衣川、まどかさんのお立場を考えろ。そんなこと、表立って言うものじゃない」

「すみません、まどかさん。俺、悔しくて、つい」

慌てて私は衣川くんの背をどんどんと叩いた。

「いいのよ！　最初はみんな慣れないし、割り切れないこともある。私くらいには聞かせて。そういう気持ち」

第八営業部のドアを開けると、懐かしい顔ぶれが見えた。広いフロアに、本社社員四十五名のうち半数ほどがいる。

「まどかさん！」

「お久しぶりです！」

みんながわいわいと寄ってきてくれる。昔からの仲間に会え、ふと涙が出そうになるのを必死にこらえた。今日のアクシデント、那須野桜からの嫌がらせ……私なりにストレスを感じていたんだ。

家族のようなクタニの社員たちに会ったら、緊張がほどけた。

駄目。ここで泣いたら、みんなに心配をかける。我慢しなきゃ。

第八営業部のオフィスをひと通り見せてもらい、私はみんなと言葉を交わし、別れを惜しみながら十五階に戻った。

エレベーターを降りると、ちょうど外出する圭さんと廊下で遭遇した。

「まどかちゃん、今日のランチ、ありがとね。たまにはああいうのもいいね」

「いえ、急ですみませんでした」

「シェフに聞いたら、お店ではあのビーフシチューでオムライスも出してるんだってね。俺、気に入っちゃったよ～。今度、斗真と三人で食べに行こうね～」

陽気に出かけていく圭さんを見送る。

三人でランチかあ。斗真とふたりきりよりはいいかな。

社長室に入ると、斗真はデスクにいた。

「今日の昼食の件、急な変更で申し訳ありませんでした」

斗真はこちらを見ず、決済書類に印を押している。電子印も多いけれど、古い会社特有の紙決済も結構ある。

「貝原さんから聞いている。総務側の不手際だったそうだな。客には好評だったから結果オーライだ」

全然オーライじゃなさそうな口調で言う。不機嫌だなあ。

「私の確認不足です。すみません」

「……今、どこにいた？」

突然尋ねられ、私は答えに窮した。

「総務を回って、いろいろと話を聞いた。まどかはもう十五階に戻ったと聞いて、俺も戻ってきた。しかし、いない。どこへ行っていた」

一瞬、回答に悩んだけれど、隠すこともないと思い直し、答えた。

「五階の第八営業部へ。偶然、宝田部長と会いまして。転属以来、社員に挨拶もできていなかったので、顔を出してきました」

「そうか」

ものすごく不機嫌な声が響いた。斗真は顔を上げない。

「私が、かつての仲間と会っちゃいけないの？」

私は苛立ちから、つい普段の口調で尋ねた。

いいや。この部屋にも隣にも、今は私と斗真しかいないんだし。

「そうだな」

斗真も苛立たしそうに口を開く。

「今まではあえて咎めていなかったが、これからは慎め。里心がついても困る」

「何それ。今までだって、わざわざ会いに行ったりしてないけど。というか、そもそも斗真に私の行動を制限されたくない」

がたり、と斗真が立ち上がった。そのままデスクを回り、私に近づいてくる。

「おまえは自分が誰のものか、忘れているようだな」

「またそれを言うの？」

背の高い斗真を、私は下から睨みつける。

「あなたの望むようにするわよ。お飾りの社長夫人も、人手不足の秘書業もこなしてあげる。子どもだって我慢して産んであげる。充分でしょう？　それだって多すぎるくらいだわ」

何か言おうと斗真が唇を薄く開け、躊躇したように黙る。言わせまいと、私は言葉を続けた。

「私の心は斗真の自由にならない。一生ね！」

すると斗真の腕が伸び、私の身体に回された。抗う間もなく抱きしめられ、口づけられる。

「ん！　うっ！」

私は呻いて、必死にかぶりを振った。

すると、半ば抱き上げられるように社長室のデスクの上に引き倒された。私の顔の横にはPCがあるし、さっきまで決済をしていた書類は舞い散らばっている。新聞や経営雑誌がどさどさと絨毯（じゅうたん）に落ちた。デスクの向こうはガラス張り。晩秋のひと筋の西日が私の顔に落ちる。

「ちょっと！　斗真！」

「心は自由にならない……か。ベッドの中のおまえは、まあまあ従順で可愛いがな」

揶揄されて、カッと頬に朱が奔（はし）る。

「俺の指や舌に翻弄されるまどかは、俺の自由にできている実感があるが」

「やめて！　職場で変なこと言わないで！」

「確かめてみるか？」

腕で斗真を押しのけようとするけれど、のしかかられて果たせない。言葉だけじゃない。斗真は本気で私を身体で蹂躙しようとしている。

「冗談ならここまでにして。どいて！」

「どうせ誰も来ない。おまえが不安なら鍵くらいかけてやるが」

「そういう話じゃないの！」

「あまり大きな声を上げるなよ。それは家でのお楽しみだ」

意地悪く言う斗真からは、強い怒りを感じる。私を抱きたいというより、苛立ちをぶつけているみたい。こうすれば、私が困るとわかっているのだ。

腹立たしい。抱くというのは、性的な欲求じゃなく、征服の行為なんだ。この男にとって。

悔しい。許せない。

こんな男のものに堕ちた自分が不甲斐（ふがい）ない。

だけど、私は絶対負けない。今できる全力で真っ向勝負してやる。

すうっと息を吸うと、私は斗真の耳に唇を寄せた。それは、一瞬は従順な妻に見えたかもしれない。しかし次の瞬間、お腹の底からの大声を斗真の耳に投げつけた。

「ああああああああっ!!」

叫ぶなら『あ』か『お』がいい。一番、声が通る。

鼓膜を揺さぶる強烈な音に、斗真は顔をしかめた。明らかにひるんだその一瞬、私は斗真の腹を思いきり蹴り、デスクから転がり落ちた。職場でこんなアクションをすることになるとは思わなかった。

「あなたの会社かもしれないけど、職場でさからないで」

床に手と膝をつき、四足獣のようにいつでも戦える臨戦態勢で睨む。

「とんでもないじゃじゃ馬だな」

斗真は吐き捨てるように言う。私に蹴られたくらいじゃ、たいしたダメージにはならなかっただろう。それでも、距離を取る私にこれ以上近づいてこようとはしない。

「続きは今夜に取っておく。しかし、第八営業部には近づくな。会社外でも誰とも接触するな」

「だから、交友関係は斗真には関係ないって言ってるでしょう！」

「今はやめておけ。久谷まどかにスパイ疑惑が持ち上がっている今は。旧クタニの社員にまで迷惑をかけるぞ」

耳慣れない言葉に、私は暫時固まった。

「スパイ⁉」

頷いたきり、それ以上は教えてくれず、斗真は社長室を出ていってしまった。

花嫁はスパイ!?

嫌がらせの次はスパイ疑惑だなんて。転属に、同棲開始というだけで結構疲れているのに、いろいろありすぎじゃない？

そもそもスパイとはどういうことだろう。昨日、斗真は私にそれ以上教えてはくれなかった。帰宅後に問いつめようと待っていたけれど、遅くなると連絡があり、そのまま。

今朝、朝食を食べながら改めて尋ねてみる。

「昨日のスパイって、どういうこと」

私が自分の分と一緒に作った、パンにチーズだけが挟まったサンドイッチを手に、斗真はこちらをろくに見ない。

「おまえは仔細を知らなくていい。ただ身を慎んでいろ」

いつだって慎んでるわよ。いちいち腹が立つ言い方〜！

「私が二藤の内部情報を外部に流してるとか、そういうこと？　私は疑われてるの？」

斗真は答えず、サンドイッチをさっさと口に押し込む。コーヒーマグを片手に私は返事を待つけれど、なかなか答えが返ってこない。

「ねえ、ちゃんと聞いてる？」

「まどかは俺と二藤の破滅を願っている」

斗真は怜悧な声だ。こちらなんか見もしない。

「おまえのことは信用していない」

ぴしゃりと言われ、私は黙った。

「おまえが俺を憎んでいることも知っているし、二藤の不利益を喜ぶだろうことも想像がつく。おまえを全面的に信用できないし、周囲から庇うこともできない」

「……私のことをスパイだと思ってるのね」

「ともかく、おまえは粛々と日々の業務をこなせ」

言いきり、斗真は先に席を立った。今日は朝から外出で、目的地に直接向かうのだ。

私と出勤は別。

胃のあたりがムカムカもやもやする。

二藤の破滅？　斗真の破滅？　それはそれできっと、いい気味と思ってしまう自分がいる。

だけど、同時に別な私が存在している。

昨日のランチに奔走した私がいる。斗真の面子を守るため、二藤側の失態にしないために、必死だった私がいる。

だから、斗真のあの言い方は……なんて言えばいいのだろう。少し傷つくというか。

ううん、〝ムカつく〟だわ！　斗真の嫌味にいちいち傷ついてなんかやらない。

いつまでも釈然としない気持ちのまま、二藤商事に出勤した。副社長室には圭さんがいた。

今日も泊まっていたのだろう。イケメン台無しの襟の伸びたTシャツに、ゴムがだるだるになった短パン姿だ。

ビジネスモードのときは後ろでひとつに結わえる長めの髪も、くしゃくしゃになって顔にかかっている。

「おはようございます」

「まどかちゃん、おはよう」

寝起きののんきな笑顔の圭さん。この人なら詳細を教えてくれるだろうか。少なくとも斗真よりは信用できる気がする。

「圭さん、ちょっとお伺いしたいことがあるのですが……」

「なるほど、斗真って本当に馬鹿だね」

私の相談を、圭さんはうんうんと頷いて聞いてくれた。なお、聞きながら身支度を整えていたので、すでにいつものキラキラ系イケメンに早変わりしている。いつ見てもギャップがすごい。

「スパイというのは、どこから出た話なんでしょうか」

「うん、まずそこからね。昨日の会議のときに、取引先のスギノ自動車の重役に教えられたんだよ。ドウハツ自動車と弓越物産の企画が、二藤とスギノ自動車が進めてきた企画に酷似してるって」

「え!?」

弓越物産は二藤商事と並ぶ、国内では上位にランク付けされる総合商社だ。

「肝煎りの企画で、うちの第一営業部が半年かけて準備してきたんだよね。大々的な発表はまだ先の予定だった。それが来週、ドウハツ自動車と弓越物産が合同でそっくりな企画を発表するって情報が入ってさ」

つまり、何者かがライバル企業に主要な情報を流したってこと？　それを元に類似の企画ができ、先に発表されたというなら、完全に二藤は陥れられたことになる。

「やられたって感じだよね。慎重を期して発表を遅らせていたのが仇になった。第一営業部はこの件で昨日からすったもんだだし、斗真も今日はそれで終日外出」

「待ってください。私が二藤に来て、まだ三週間弱ですよ。そんな短期間で、スパイみたいなことはできません。営業部に在籍もしていないし」

「もちろん、俺も斗真もそれはわかっているよ。社内的にまどかちゃんが怪しいってことにはなっていない。ただね」

圭さんが言葉を切って言う。

「第一営業部に異動した旧クタニ社員の仕業じゃないかって、専務が言いだしてね」

「……そんな」

絶対にそんなことはない、と私には言いきれない。

クタニの社員は待遇を保障され、二藤の社員になった。しかし、社員全員の心の中まではわからない。

面白くないと思っている人間は絶対にいるだろう。父を支えてくれた宝田営業部長だって、悔しさを呑み込んでクタニの社員のために残ってくれたようなものだ。衣川くんのように、二藤にあからさまな嫌悪を見せる社員もいる。

「まあ、斗真が言いたかったのは、まどかちゃんが動くことで旧クタニ社員が疑われるような事態を避けたいってことじゃないかな。まどかちゃんは社長令嬢だったわけだし、きみを担ぐ一派がいるのでは、と考える連中もいる。事の真偽がはっきりするまでは、第八営業部の面々とは会わないほうがいいかもね」

それならそうと言ってくれればいいのに、斗真の言い方ときたら。

私はうつむいた。

「わかりました。……でも、斗真さんが一番、私をスパイだと思っている気がします。信用していないと言われましたから」

私のふてくされたような言葉に、圭さんが笑った。

「そこが馬鹿だって言ったんだ。あいつ、言葉の選び方がひどい。きみが斗真に敵意剥き出しなのは最初からわかってたことだろう。そこをあえて秘書に抜擢（ばってき）してる。人間的に信用してなかったら、そんなことしないよ」

「私が恨みからスパイになったと考えているのかもしれません」

「きみの恨みはともかく、クタニの後継者だった矜持は信頼してるはずだよ。『俺が潔白を証明してやるから、いい子にしてろ』くらい言えばよかったのに」

絶対そんなふうに思っていない。斗真は私個人のことは好きではないはずだ。生意気で腹の立つ女だと思っているに違いない。

だって、私は斗真に対してそういう態度しか取っていないのだから。

「まどかちゃん、総務の子にいろいろ意地悪されたりしたんでしょ。大変だったね」

「え、なんでそれを」

反射で答えてしまい、慌てて口を押さえた。言うつもりはなかったのに。

私の仕草に圭さんが笑う。

「斗真、気づいてたよ。勝手に手を回すと、プライドを傷つけるだろうから、まどかちゃんに助けを求めてほしかったみたいだね」

確かに、何かされてはいないかと問いつめられたけれど、それは妻が馬鹿にされると自分の権威が傷つくからでしょう。私個人を心配しているわけじゃない。

「今回もまどかちゃんを守りたいだけだよ。他意はないはず」

「それは……」

「大事にしたいんだと思うよ。斗真はまどかちゃんと仲のいい夫婦になりたいんだろうな～」

圭さんの言葉に、私はふう、とため息をついた。

「私、優しく気遣ってくださる圭さんのことは信頼しています。でも、その言葉は信じられません」

「甥っ子の名誉回復のために、本当のことを言ってるだけなのになあ」

相変わらず、圭さんは飄々とうそぶく。

優しい人だ。私と斗真の仲を取り持ってくれようとしているんだろうな。

だけど斗真に限って、私を大事にしたいだなんて、そんなことは絶対にないと思う。


その晩、定時過ぎのことだ。社長室で私は斗真と向かい合っていた。

斗真の隣には圭さん。日はとっぷり暮れ、窓から見える都内の夜景が綺麗だ。

そんな中、三人で真面目な顔を突き合わせているのは、これから私の事情聴取が始まるからである。

「ということで、一応おまえの話を聞いておかなければならない」

しかつめらしい顔で斗真は言う。

例の情報漏洩の件で、斗真は外出から戻ってずっと会議だった。

会議の中で、専務は他の重役たちの前でも口にしたらしい。旧クタニ社員が疑わしいのではないか、と。

肝煎りの仕事が消滅の危機である第一営業部は気色ばみ、犯人捜しに躍起になっている。転属してきた社員の追及はおろか、第八営業部にも怒鳴り込まんばかりの勢いだったため、斗真が『内部調査を進めるから、勝手に動くな』と一切を引き取ったそうだ。つまり斗真は立場的に、私に事情聴取をしなければならない。

「斗真、あなたの社長としての立場はわかる。でも、よく考えてほしい。私たち旧クタニ社員は全員、転属三週間。大きな情報を手に入れられる立場にない」

私は斗真を見つめ、言った。

「第一営業部に異動していった若い社員たちは、新たな職場に意気揚々としていた。裏切るようなことをするとは思えない」

「まどか、おまえ本人はどうだ」

冷たく響く斗真の問いに、挑むように答える。

「私なら、社内システムにアクセスできるから、事業企画に登録されている企画名は知ることはできるわね」

一般の社員が閲覧できない情報も、社長秘書である私なら見られる。それは間違いない。

低い声で斗真が仮説を述べる。

「そこから、おまえが第一営業部のかつての部下や同僚に打診をして、企画の詳細を盗み出した。筋は通る」

ひとつ嘆息し、それから私は斗真をまっすぐ見つめた。

「大事な部分が抜けてる。私は二藤を裏切らない、という点」

「どうしてそう言いきれる」

「クタニの社員のためよ。彼らのために、斗真、あなたとの結婚を了承した。二藤の不利益は、クタニの仲間たちの不利益になる。私が二藤を潰したいから動き回ってると邪推するなら、私の覚悟を馬鹿にしてるわ」

斗真のことは気に入らないけれど、二藤商事に対し禍根はあるけれど、それでもこれからのために私は道を選んだ。

スパイを疑うのは、私の決意と誇りを貶めることだ。

「名瀬斗真、私はあなたを裏切らない。絶対によ」

私は斗真にはっきりとした口調で宣言した。

「あなたと結婚する。妻として、秘書として、二藤を発展させる。それが父の守りたかったクタニの社員を守ることに繋がるから」

いつの間に、私の中でここまで心が決まっていたのだろう。

私はまだ、今は亡きクタニの後継者だ。私にできる仕事はこれしかない。だから、全力を尽くす場所はここなのだ。

斗真が私を見据え、硬い表情で尋ねる。

「おまえにとっては仇にも等しい夫だろう。それでもか」

「それでもよ。見てなさい。斗真の子どもを何人も産むわ。いずれ私と子どもたちで二藤の実権を握ってやる。斗真の仕事を、日がな一日社長室でお茶を飲んでるだけにしてやるんだから」

私の言葉に、斗真はしばし黙った。社長室に妙な沈黙が流れる。

あれ、なんか斗真の表情が変。違和感というか。

頬がうっすら赤いような……。

そして、横で圭さんが何やら笑いをこらえるような表情をしている。

「……面白い。やってみればいい」

短く言い、斗真は立ち上がった。

「これから、また会議だ。おまえは先に帰れ」

そう言って、さっさと社長室を出ていった。

なんなのかしら。ともかく事情聴取は終わりみたいだ。

「まどかちゃ～ん」

圭さんがニヤニヤしながら寄ってきて、肘で私をつついた。

「な、なんですか?」

「さっきのプロポーズ、格好よかったよ～。俺まで聞いちゃってよかったのかな」

「プロポーズ⁉」

聞き返して、はっとする。私の言い方、確かにプロポーズって言えば、そう聞こえるかもしれない。

結婚については嫌だとしか表明してこなかった。こんなに前向きな意志を見せたのは初めてだ。

「しかも、子どもをたくさんとか、いずれ実権を握るとか……。末永くよろしくって意味だよね。斗真、あれは嬉しかったと思うよ～」

「そんなつもりは‼」

ああ。でも、そう取られてもおかしくないことを言ってしまった！　熱い気持ちで言った言葉が、斗真との未来を望む言葉になっていたなんて！

私は青くなったけれど、発言を取り消そうにも、当の斗真はすでにいない。

結局、斗真はその日、遅くなるまで帰ってこず、翌日も早朝から会議だと出かけていった。ろくに顔を合わせなかったのは幸いだけど……うう、恥ずかしいことを言ってしまった。

それにしても、私のあんな発言……斗真は嬉しかったの？　それって、どう受け取ればいいのよ。

スパイ疑惑尋問の翌日午後、私はいつも通りの仕事をこなしていた。

ここ数日、怒涛（どとう）の日々な気がする。那須野桜からの意地悪攻撃が収まったことは幸いだけど、絶対これで納得しないでしょ。そういう人だよね、うん。

それにしても、スパイ疑惑か。

よその商社と手を組んでクタニが救えるなら、とっくにやっている。結果論だけど、二藤以外と合併したところで、社員みんなの利益は守れなかったように思う。少なくとも、二藤はクタニ社員の生活は、以前に近い状態で保障してくれたのだ。

だから、クタニの人間にはスパイがいないと信じたい。誰かひとりでも裏切り者を出せば、第八営業部をはじめ、旧クタニ社員は二藤内で生きづらくなるだろう。

そして、私は自分の心境の変化にも驚いていた。

クタニの後継者として、父の部下だったみんなを守りたい。そのために嫁ぐ覚悟を決めたとはいえ、名瀬斗真と一緒にいることに屈辱と苛立ちを覚えてきた。

身体を開かれ、子どもを望まれることに戸惑い続けてきた。逃げられるものなら逃げたいと、どこかで思っていた……はずだった。

だけど、いつの間にか〝逃げ出したい〟という後ろ向きな感情は消えていた。

私にできることは、二藤の社長夫人として成り上がること。そのためには名瀬斗真なんか踏み台にしてやる。

そう思う一方で、圭さんの言葉が蘇る。

『大事にしたいんだと思うよ』『末永くよろしくって意味だよね。斗真、あれは嬉しかったと思うよ～』

圭さんの言葉だけ聞いていると、まるで斗真は私に好意があるみたいだ。そんなこと絶対にあり得ない……と思う。

偉そうなことばかり言って、傲慢で、意地悪な態度しか見せなくて。

お飾りだろうがなんだろうが、未来の妻に対する態度じゃない。私に興味がないくせに、ベッドの中ではいつまでも離してくれないし……。

だけど昨日、私のプロポーズまがいの宣言に、斗真は頬を赤くしていた。それはどんな心境なんだろう。

思い出して私のほうが気恥ずかしくなっていると、社長室のドアが開いた。斗真と圭さんが会議を終えて戻ってきたところだ。

「おかえりなさいませ」

きゅっと唇を結び、私はいつもの表情に戻る。

するりと、私のデスクにことり、と化粧箱が置かれた。有名な和菓子店のロゴマーク。見上げれば、それを置いた斗真はそっぽを向いてツンとしている。

「まどかちゃん、スパイが見つかったよ！　まどかちゃんも旧クタニ社員も、関係ないって証明できた！」

笑顔で圭さんが報告してくれる。

「え、本当ですか!?」

「ドウハツ自動車とも取引はあるから、そちら経由で調べたんだ。うちの第一営業部の四課の蛭埜って課長が、弓越物産に情報を流していたことがわかった」

後を引き取って斗真が答える。

「蛭埜は弓越物産に転職を希望していたようだな。情報は手土産だろう。数ヵ月前から企画詳細を流し、うちの情報公開前に発表させた」

「メールや社内システムへのアクセス履歴、残業日と外出のスケジュールなんかで特定したよ。本人も自白済み。馬鹿だよね、好待遇での転職を持ちかけられてスパイになるなんて」

「弓越物産にはどういうことか問い合わせ中だが、返答はないな。たぶん、しらばっくれるだろう。裏切り者は不要だ。蛭埜課長は依願退職が決まった」

冷徹な横顔で斗真は言う。

蛭埜という課長は失職。弓越物産も職を保障はしないだろう。受け入れれば、スパイをさせていたことを認めるも同然だからだ。

おそらく斗真はずっとこの件を追いかけていたのだ。大会社の社長自ら、時間をかけて。非情な決断も、斗真本人がしなければならなかった。

「スギノ自動車との件はどうなるんですか？」

今回の件は相手がいる。二藤が損をして終わりというわけにはいかない。

「企画に大きく手を加えてリスタートだ。大筋が決まっていた話だから痛いが、このまま発表するわけにもいかない。ドウハツ自動車と弓越物産とは違った路線で打ち出すから、問題ないだろう。俺が舵取りはする」

それは斗真も、なお忙しくなるだろう。斗真は大会社の社長なのに、最前線に立つのが得意なのだ。

強引な手法で会社を大きくしていると思っていたけれど、斗真のそばにいればいるほどわかる。この男はひたすらに勤勉だ。自ら動き、社員を引っ張っていくリーダーだ。そして、けして人材を蔑ろにする男ではない。

きっと、今回の件も部下の裏切りに傷ついている部分はあるのだろう。表情にも言葉にも出すことはないのだろうけど。

ふと気づく。斗真がちらちらと私のほうを見ている。

「まどかちゃん、そのお菓子の箱、開けてみて。それでお茶にでもしちゃって。斗真なりのお詫びだから」

「圭さん、余計なことを言わないでください」

苛立ったように斗真が言い、自分のデスクに戻る。

開けたほうがよさそうなので、私は化粧箱を手に取った。中には美しい生菓子が並んでいる。

「わあ、綺麗。美味しそう」

「お茶淹れようね～。あ、まどかちゃんは座ってて。たまには俺がやるから」

ニコニコと圭さんが社長室を出ていった。同じフロアの給湯室に向かうのだろう。

ちらりと斗真を見ると目が合った。彼のほうもびっくりした顔をする。

そんな顔しないでよ。ていうか、私のこと、見てたのね。

「……疑った詫びだ」

「たいして疑ってなかったんでしょ」

無造作に生菓子をひとつ手に取り、ぱくっとかじった。上品な甘さの求肥の中から、白花豆の粒の残る白あんが出てくる。

「二藤に来て間もないおまえに、何かできるとは思えない。それにおまえなら、もっと時間をかけて致命的なことを狙ってくると思っていたからな」

「何それ、致命的って。言ったでしょ。子どもは産んであげるって。自分の子どもや、かつての仲間が困るようなことはしないわ」

ぱくぱくと生菓子を口に運ぶ。すごく美味しい。

この和菓子を私への詫びのために、斗真自ら買ってきたのだと思うと、ちょっとおかしい。

「斗真」

「なんだ?」

「食べる? すごく美味しいよ。まだ五つもあるし」

「……いらない。全部おまえが食べろ」

「あっそ。圭さんにはあーげよ」

箱から、梅がかたどられた練り切りの和菓子を取り出して、圭さんの分を分ける。

それから、ちょっと悪戯心が湧いた。どこまでも偉そうな斗真がどんな顔をするだろう。

栗あんの和菓子を手に取って、斗真のデスクに歩み寄った。指先でつまみ上げて差し出し、顔を覗き込んで、にっと笑う。

「はい、斗真。あーん」

わずか数秒の間。

あれ？

見る間に斗真の顔が耳まで赤くなった。信じられないというように眉間に皺を寄せ、半開きの口はへの字だ。

え？　これ、照れてるの？　え？　本気の反応じゃない？

それを見たら、私まで恥ずかしくなってきた。

差し出した和菓子を引っ込めることもできず、固まってしまう。かーっと頬が熱くなる。

「き……気味の悪いことをするな」

絞り出すような声は、動揺がありありと見える。斗真は顔を隠すように立ち上がり、それから社長室を出ていってしまった。

入れ違いで、急須を手にした圭さんが戻ってくる。

「あれ？　斗真、どこ行くの～？」

気を使って、圭さんは私と斗真をふたりきりにしたつもりだったんだろう。私を見て言う。

「またあいつ、ふてくされちゃった？」

「……いえ」

さっきの顔は、なんだったのだろう。そして、私はなんでこんなに恥ずかしい気持ちでいるの。

私たち、セックスしてるんだよ。何度も抱き合ってる。

それなのに、今のこの瞬間がどんな瞬間より恥ずかしくて、心臓がドキドキするのは、なんでなんだろう？


「ぬあぁっつい！」

土曜の早朝、私は叫びながら目覚めた。

キングサイズのベッドには、ふかふかの羽毛布団と柔らかな毛布。そして、それより熱いのは、私の胴体に巻きついた腕とぴったりくっついた身体。

スパイ疑惑解決から数日。土曜の朝は息苦しい始まりとなった。

「あっつい！　斗真あっつい！　窒息する‼」

冬ど真ん中の寒い朝だけど、ふかふかの布団と体温の高い斗真にくっつかれて、私は汗をかいている。

「腕、どけてよ！」

力強い腕をべしべし叩くと、まだ寝ぼけている斗真が不満げに口を開いた。

「うるさい」

「はーなーせー！」

「黙って寝直せ」

布団をかき分け、斗真は毛布だけを器用によけると、また私を抱きしめ、眠りに就いてしまった。

だから、あんたが熱いんだってば！

冷たい男なのに体温だけは高い。そして、抱き合った後は、必ず私を抱き枕にして眠ってしまうので、朝、私は熱さと身動きの取れなさに、もがきながら起きるハメになる。これ、夏はどうなるのかしら。

とりあえず毛布をどけた分、多少マシになった。しかし、私は目が覚めてしまった。

「ねえ、斗真。私、起きたい」

ぐっすり眠り込んでいて斗真は起きない。少し顔をずらすと、斗真の寝顔が見えた。

改めて客観的に見ると、斗真は本当に整った綺麗な顔をしている。鼻筋が通ってい
て、切れ長の目は近くで見ればまつげがびっしり。彫りが深く、口元はセクシーさも
感じる。

こんなイケメンで、大企業の社長の旦那様、きっと世の女子は憧れるだろうなあ。

私は全然嬉しくないけれど。

「おい。じろじろ見るな」

眺めていたら、目覚めたらしい斗真が目を閉じたまま顔をしかめた。

「だって離してくれないし。お腹空いたのに」

ふたりで眠ることに慣れてしまったせいか、斗真とかなり間近で、しかも裸でくっ
ついていても、さほど抵抗はなくなった。

この前の和菓子あーん事件のほうが恥ずかしかったなんて、変な話だ。

うっすらと斗真が目を開ける。まだかなり眠そうだ。

「今日、実家に帰るのか？」

突然尋ねられ、案外目が覚めているようだと驚く。

「そのつもりだけど？」

同棲スタートからそろそろひと月。毎週、土日は実家に戻っている。母がひとりで寂しいだろうし、一緒に父のお見舞いにも行きたい。

斗真だって、せっかくの余暇を私と過ごしても楽しいはずがない。どうせ嫌味の応酬で終わってしまう。そもそも、斗真は半分くらい仕事でいなかった。

「実家は明日にしろ。今日は付き合え」

「ええ？」

私は不満げな声を上げた。今週末は絶対に帰りたい。

明日の日曜が私の誕生日で、母がご馳走を作ってくれる予定だ。入院中の父も一時帰宅する。

「明日は帰っていい。今日は駄目だ」

「はぁ？」

頑として斗真は譲らない。まだ寝ぼけてるのかしらと思ったら、私からあっさり腕を外して身体を起こす。どうやら、本当に何か用事があるみたい。

「また、私に拒否する権利はないわけでしょう？」

ベッドの中から、私は不機嫌に声をかけた。斗真は返事をするのも面倒くさそうに、寝室を出ていってしまった。

まったく。なんなのかしら。

この前のスパイ疑惑解消のときは、なんだか好意みたいなものを感じた気はしたけれど、それ以来数日、斗真はいつも通り私に冷淡だ。ベッドの中では強引だし、ごはんを作っても感想はない。

相変わらず、全然気持ちの通じていない婚約者なんですけど。

ひとまず私もベッドから起き出した。

出かけるのは何時だろう。今日はシーツを洗いたいな。洗濯の時間はあるかしら。

私の希望は叶って、掃除と洗濯の後に出かけることとなった。メイクをし、髪はまとめるか悩む。服装はどうしようかな。

「ところで、どこへ行くの？　スニーカーとか必要なところ？」

尋ねると、ジーンズにジャケットというラフなスタイルの斗真が寝室から現れた。

あら、カジュアル。こういった服装をほとんど見ないので新鮮だ。

そして、悔しいことにモデル並みのスタイルであることを実感する。

天はこの男にスペシャルな容姿じゃなくて、優しい気質を与えるべきだったと思うけどね。

「スニーカーって、どこへ行く気だ」

「え？……ピクニックとか」

斗真がため息をつく。

いいじゃない、ピクニック。まあ、天下の二藤商事の社長には、ピクニックって似合わないかもしれない。

「スニーカーは必要ないが、結構歩き回るからローヒールがいいぞ」

「それなら、スニーカーでもいいってことね」

私はスカートではなくジーンズを選び、温度調整しやすいよう薄手のニットにした。上着もブルゾンにして、ミディアムレングスの髪は結び、キャップをかぶる。

普段はスーツ姿が多いけれど、普段着はスカートよりジーンズのほうが多い。斗真相手に、可愛いふわふわ甘々女子な格好はしなくてもいい。

まるで兄弟とその辺のスーパーにでも買い物に出かけるかのようなスタイルに、斗真はさすがに驚いた顔をした。

「何よ。この格好じゃまずい？」

「高校生男子か、おまえは」

確かに、自分でもそんな感じかなあと思った。

でも、斗真に言われるとイラッとする。

「喧嘩売ってる？　ラクが一番じゃないの」

「まどからしい。そもそも女らしさは期待していない」

「じゃあ、これで出かけます」

障(さわ)りがなければ、着替える気なんかない。休みの日くらい、好きな格好をさせてもらうわ。

斗真と一緒にマンションを出る。車じゃなくて電車で移動みたいだ。

「ねえ、どこに行くのよ」

「まずは銀座」

「そろそろ教えてよ」

「……結婚指輪の発注だ」

車窓を眺めながら、斗真はぼそっと言った。

ああ、なるほど。結婚指輪ね。私たちの結婚式は来春だから、もう発注しないといけないのか。

「婚約指輪のときに号数教えたじゃない。それじゃ駄目なの？」

婚約発表パーティー用に、私は豪華な婚約指輪を贈られている。びっくりするくらい大小さまざまなダイヤがちりばめられていて、重たくて派手派手しくて、普段はつけていない。

「いつもつけるものだから、おまえの意見を取り入れようと思ったまでだ。親父と古い付き合いのジュエリーデザイナーと約束している」

私の気に入るデザインを選んでくれるつもりだなんて、案外、生真面目だ。シンプルなものならなんでもいい。でも、同行を求めてきた斗真の気持ちを尊重しよう。

「久谷社長の容体はどうだ」

突然、父のことを尋ねられ、面食らった。斗真の口から父の体調について話題が出ると思わなかったのだ。こんな世間話風に。

「もう社長じゃないわ」

「呼び慣れているんだ」

「……明日、一時退院してくるけど……。もう少し内科的治療を継続して、悪い部分に効いてきたら手術かな」

「結婚式には間に合いそうか？」

なるほど、結婚式に新婦の父親が揃わないと格好がつかないから、心配してるのね。

やっぱり斗真は斗真。完全に自分の都合だ。

しかし、私の言葉を待たずに斗真は思わぬことを言う。

「久谷社長の体調次第では、結婚式は少し延ばすことも検討している。おまえの花嫁姿は見たいだろう？」

「……私の？」

「ひとり娘の花嫁姿を見たくない父親がいるのか？　なお、白無垢だぞ。まどかは腰回りがしっかりしているから、和装が似合うだろう」

「ひと言余計」

私は斗真を睨んでみせながら、ちょっと驚いていた。この口ぶりは、本当にうちの父の体調を心配しているように聞こえる。

二藤の社長としてではなく、義理の息子としての感情で言っているの？

「元々、結婚式の時期は、斗真の仕事と名瀬家の家庭の事情で春なんでしょう？　いいの？」

「遅らせる分には問題ない。早めるのは予定的に少々大変だが、規模を小さくして家族だけで式を挙げるならできなくもない。久谷社長の手術の前にということであれば、それも対応する」

家族の事情優先で、大会社の社長が結婚式の規模を小さくしてしまっていいのかな。斗真がプランナーに任せているから、詳細はわからないけれど、きっと大きなパーティーを予定しているんでしょう？　私の父の体調優先でいいのだろうか。

「とりあえず、当初の予定通りいこうよ。うちの父も、現時点では参列できそうって言ってるし」

「そうか。あとは、退院に合わせて、おまえの実家の改装を頼もうと思っている」

「改装!?」

今度は何を言いだすのだろう。驚いて目を剥く私に、斗真はさも当然と言わんばかりに続ける。

「術後は、一階で看病などできたほうがいいだろう。間取りは久谷社長に聞いているが、和室とリビングの壁をなくして、リクライニングのベッドを入れるのはどうだろう。トイレや風呂に手すりをつけておくといい。久谷社長夫妻はまだ若いが、二十年先には必要になるだろうし」

「待って待って待って！　斗真、うちの父と母にそんな話をしてるの？」

「ああ。一昨日、見舞いに行ったときに。固辞されてしまったが、まどかの口からもう一度話してもらえると……」

見舞いに？　私でさえ、週末しか行けていないのに、平日に時間を作って父の見舞いに行ってくれているの？

「ねえ、斗真……」

銀座駅のホームに降り立ち、私は斗真を見上げる。

「なんでそこまでしてくれるの？　私の家族に……その、お金や気を使っても、斗真の得にはならないでしょう？」

立ち止まり、斗真は私を振り返った。しばし黙っているのは、言葉を選んでいるからだろう。

すぐに、ふい、と顔をそむけ、そっけなく言う。

「吸収合併した会社の元社長を蔑ろにしていては、世間的に印象が悪いだろう。さらに義父母ともなれば、気遣っておいて損にはなるまい」

なんか……ものすごく言い訳しているように見える。でも、つまりは私の両親を大事にしてくれているってことだよね。

結婚式のことも、実家の改装のことも、全部ポーズでできることじゃない。ちゃんと斗真が考えて、行動してくれていることだ。

思わずふふっと笑ってしまった私に、斗真が不機嫌そうな顔をする。

「なんだ。何か文句があるか？」

「ううん。斗真、ありがとう。実家の件は、明日両親と話してみるわ」

私が満面の笑みを見せることなんかないので、斗真は少し驚いた顔になり、それから踵を返し、先に立って歩き始めた。


銀座にあるジュエリーショップは、事務所と工房が一体になっていて、作品の展示スペースもあるアーティスティックな空間だった。なんでも、海外の有名ブランドとも提携しているらしく、セレブ御用達だとか。

こんな一等地に、ショップを構えていられるのも納得だ。四十代の息子さんがオーナーで、七十代のお父さんが職人だそうだ。

シンプルなものがいいという私の希望も合わせて、四人でデザインを検討し、小さなダイヤが埋め込まれているデザインに決めた。カーブのシルエットがとても繊細で綺麗なものだ。

打ち合わせを終えると、斗真と銀座の街に出た。

「夕食は期待しろ。昼飯は軽く済ませるつもりだが、何が食べたい？」

その言葉に、今日は夕食まで外なのだとわかる。だって指輪の打ち合わせは終わったし、これで用事は終わりかと思ったんだもの。

「久しぶりにハンバーガーとか食べたいなあ」

「そうするか」

「え、いいの？」

まさか斗真がファストフードをOKすると思わなかった。ピクニックはなしでも、ファストフードはありなんだ。

「食べたいんだろう？　俺もしばらく食べていない」

「斗真がハンバーガー食べるのって、どんなとき？」

「学生時代は仲間と結構食べたぞ。最近は……だいたい圭さんが食べたがるときだな」

「ああ、なるほど」

ラグジュアリーな雰囲気の斗真とファストフードは、なかなか結びつかなかったけれど、同じくセレブ感があるはずの圭さんならなぜか納得してしまう。

「ねえ、食べたらどこに行くの？」

私は少し楽しさを感じていた。斗真は夜まで私と出歩くつもりなのだ。きっと何か考えているに違いない。

目当てのファストフード店を見つけ、指差しながら斗真は答えた。

「食べたら買い物。その次は……」

「次は？」

「まどかの希望が何かあれば」

「え～？　そこは私任せなの～？」

ファストフード店の列に並び、笑いながら突っ込みを入れると、斗真がむすっとした顔になる。

「俺が勝手に決めると、おまえはいつも怒る」

「そもそも、今日の外出自体が勝手に決められてました～」

私の言葉も斗真の言葉も、意地悪くは響かない。ふたりでふざけ合っているみたいに聞こえる。きっと周りの人は、私たちを仲のいい恋人同士の痴話喧嘩くらいに見ているだろう。

あれ？　なんだかこの感覚はおかしい。

斗真とデートみたいなことをして、ワクワクしているなんて。

でも、私の心は間違いなく楽しさを感じている。

「映画とか行く？　水族館は？」

「まどかの好きなほう」

スマホを取り出し、私はホームページにアクセスして画面を見せる。

「じゃあ、この水族館に行こう！　ここから遠くないから。私、まだ行ったことないんだ」

「俺もない。この施設全体の竣工パーティーには呼ばれたが」

なるほど。レジャー施設を訪れる理由が全然違うわ。

ふたりでハンバーガーにかぶりついて、昼食にした。久しぶりのハンバーガーは楽しさも相まってとても美味しい。ポテトもシェイクも小さなテーブルに並べて、満足いくまで食べた。

続いて、銀座のブランドショップに連れてこられて驚く。何しろ、ずらりと並べられたのはパンプスだったのだ。

「好きなものを何足でも。仕事で使うものも、パーティー用も必要だろう」

鈍い私も気づき始めていた。やっぱり今日は、私の誕生祝いをしてくれているつもりなんだ。

「悪いよ。こんなに」

「二藤の社長が、妻に粗末なものを履かせていると思われたくない。俺のためだ。好きなだけ買え」

面倒くさそうに言い訳する斗真。

なんなの、名瀬斗真。私は形だけの妻でしょう？　子どもを産めばそれでいいんでしょう？

それなのに、誕生日を祝おうとしているなんておかしいよ。

「斗真からもお給料もらうんだし、私も貯金がある。仕事上で必要なものは自分で買うから。日用品は全部、斗真からもらったカードを使ってるよ。これ以上は……」

買ってもらってはまずいような気になる。プレゼントを受け取るなんて、心までお金で買われてしまいそう。

しかし、私の言葉に斗真の表情が曇ったのが見えてしまった。

斗真は……私に買ってあげたいって思ってくれているのかな。誕生日にプレゼントしたいって、思ってくれているのかな。

「でも……斗真が買ってくれるって言うなら……」

私は斗真の目を見つめ、おずおずと言った。

「買ってもらっちゃおうかな。嬉しいな」

「な、何足でも……好きなだけ買え！　荷物にならないよう配送を頼むから」

そんなあからさまに嬉しそうな声を出さないでよ。

おそらく喜びをごまかしたのだろう斗真の偉そうな態度を見て、私の頬も熱くなる。

ああ、なんか変な感じだ。斗真とムズムズきゅんきゅんしていて、どうするの。


その後は水族館。ふたりで並んで歩いていると、どう見てもデートだ。

なんというか、恥ずかしい。今さらなんだけど、私たちは一緒に暮らしている婚約者同士だ。

すれ違う女の子のグループが斗真を見て、ひそひそきゃあきゃあ言っている。二度見する女性もいる。

やっぱり名瀬斗真は、贔屓目じゃなく格好いいのだ。端正な顔立ちも、今日はラフにしている髪の毛も、背の高さとスタイルのよさも、びっくりするくらい整っている。

私だって最初見たときは、イケメン社長だと思ったもんなあ。中身は冷たい嫌な男ですよーって言って歩きたいくらい。

でも、思ったより私や家族のことを気遣ってくれていたと、今日知ってしまった。考えてみれば、食事や掃除にしたって、私の負担を減らそうと何もしなくていいって言ってくれていたわけだし。

私が思うほど冷血漢じゃないのかな。愛はなくとも、嫁いできた妻に対する当たり前の思いやりはあるのかもしれない。

水族館を出ると、日はとっぷりと暮れてしまった。次は夕食だろうか。

斗真に連れてこられた場所に、またしても驚いた。それは婚約発表をしたホテルカドクラだったからだ。

「ねえ、まさかここで夕食?」

「そうだ」

「私、ジーンズとスニーカーですけど!」

老舗の超高級ホテルでフレンチか懐石だとしたら、さすがにスニーカーにジーンズじゃドレスコードに引っかかる。

「安心しろ」

フロントでさくさくと受付を済ませ、斗真は鍵を手に私を案内する。

前回……初夜とは違うスイートルームだ。全室洋室で、前回の部屋よりも仕切りがはっきりしている。

メインルームの隣が寝室だろう。見える夜景も角度が違う。

海外要人も宿泊することがあるって聞くけれど、いろんなスイートがあるのね。たぶんここもプレジデンシャルスイートレベルの部屋だろう。

「今日はここにディナーが運ばれてくる。ドレスコードは関係ない」

「ふぁっ！　また、お金使って！」

「文句あるのか？」

斗真はお金持ちで、私はその奥さんになるのかもしれないけれど、私のためにいろいろ使ってくれるのはなんだか悪いような気がしてしまう。さっきだって、パンプスを三足も買ってもらった。甘やかされすぎだ。

「誕生祝いだ。金を使ってもバチは当たらないだろう。それに、クリスマスの頃、俺は出張が続く。構ってはやれないからな」

「クリスマスまで気にしていてくれたの？　斗真って結構マメ？」

私の言葉に、斗真は不機嫌そうに嘆息した。

あら、図星かな。図星だね。

すぐにディナーが運ばれてきた。コースではなく、ビュッフェかというくらいの量が並べられる。さすがに私もびっくりだ。

「斗真、すごいよ。食べきれるかな」

「俺は食べられる。昼が少なかったしな」

「余ったら、折詰にしてもらえる？　もったいないし」

「おまえはちょいちょい庶民だな！」

「庶民です～！」

言い合いをしていると、最後のワゴンが運ばれてきた。ふたり用のバースデーケーキと、ワインクーラーに冷えている赤ワイン。

簡単な説明をして、ウェイターは去っていく。これで、あとは私と斗真がふたりでディナーを楽しむだけなんだけど……。

私はワインのボトルをクーラーから持ち上げてみた。

やっぱりだ。私の生まれた年のワイン。

デート、プレゼント、豪華なディナー、バースデーケーキに生まれ年のワイン……。

テーブルに着くより先に、思わず笑ってしまった。

「今度はなんだ？」

眉間に皺を寄せて、斗真が私を見る。

「だって、斗真、私のこと祝う気満々なんだもん」

そこまで言ったら、込み上げてきた笑いが止まらなくなってしまった。

どうでもいいと思っている女に、きっとここまではしない。少なくとも斗真の中で私は〝気遣ってやる相手〟なんだ。

私は誤解していたのかもしれない。斗真の言葉や態度だけを真に受けて、嫌なヤツとしか思ってこなかった。

だけど、斗真の仕事の姿勢や、日々の何気ない姿に不快な感情は湧かなかった。

「嫌なら食べなくていい」

面白くないらしく、斗真は怒った顔でソファに腰かける。私はワインを手に、斗真の前の絨毯に膝をついた。下から見上げて言う。

「私の生まれ年のワインね。ありがとう」

「別に、たまたまだ」

「パンプスもありがとう。今の靴、くたびれていたから、嬉しかった。水族館も楽しかったね」

「妻に不自由な思いをさせていると、周囲に思われたくはないからな」

私は笑顔になっていた。おかしくて笑っているんじゃない。嬉しくて、自然に笑顔になっていた。

斗真の気遣いが嬉しい。ちゃんと心に響いている。届いている。

「斗真は私が思うほど、私のこと、嫌いじゃなかったんだね」

すると、斗真が私に顔を向けた。私の瞳に飛び込んでくる、まっすぐな視線。こんなふうに見つめ合うことがあったかしら。

「まどかのことを……嫌いだと……言ったことはない」

「嫌われてると思いました。そういう態度だったもの」

「おまえこそ、俺が嫌いだろうが」

斗真がふい、と目を逸らしてしまう。その仕草、ちょっと可愛いと思ってしまったじゃない。

「斗真なんか嫌い。意地悪で冷たいし」

私ははっきり言いきって、それから斗真の膝の上の拳に、自分の手を重ねた。

「だけど、クタニのことはありがとう。二藤のおかげで、救われた社員が多くいる。悔しいけれど、この点はちゃんとお礼をしなきゃね」

強引な買収だとは思っていた。クタニの消滅に悔しさがあった。

だけど総合的に見れば、斗真は得た利権より多くの手間を、私や両親、旧クタニの社員に割いてくれている。私を〝買う〟なんて彼お得意の言い訳で、話をまとめてくれた。

「恩は返すわ。私は斗真のものよ」

すると、斗真は私の両脇に手を差し込み、身体を持ち上げるように引き寄せた。そのままソファできつく抱きしめられる。

「斗真！　痛い！」

「俺のものなんだろう？　文句を言うな」

私の肩に顔をうずめて言う斗真は、安堵するような深い息をついた。意地悪な言葉の割に、きつい抱擁には愛情を感じる。

「斗真なんか嫌い」

もう一度言って、私は斗真の頭をぽこぽこ叩いた。

「言い忘れてた！　エッチのとき、普段の十割増しで意地悪なところも嫌い！」

「いい反応をするから、言葉攻めが好きなのかと思っていたが」

「やめてって言ってもやめてくれないのも嫌い！　ねちっこいのも嫌い！」

「そうか。それは残念だったな。どんなに嫌われてもおまえの思う通りにはしてやらないぞ」

そのまま斗真は私をひょいと横抱きにし、立ち上がった。

「斗真！　ワイン！　ごはん！　ケーキ！」

「その前におまえをいただくよ」

甘い言葉を真顔で言う斗真は、きっと私をとろけさせたいからこんなことを言っているのではない。大真面目で、私を抱きたいのだ。

それは征服や支配のためではない。男の欲求としてだ。

「も～！」

私は文句を並べ立てようとして、やめた。

だって、ほんの少しだけ、今なら斗真に抱かれてもいいって思っている私がいるもの。私って結構、ムードや思いやりに弱かったんだなあ。

斗真の首に腕を回し、ぎゅっとしがみつく。それが、私なりのOKのサイン。斗真にも過(あやま)たず伝わったようだ。寝室に運ばれ、ふかふかのベッドにどさりと下ろされた。

シーツに沈み込む間もなく斗真が覆いかぶさってくる。

見上げた斗真の顔は普段より赤く、高揚しているように見えた。

「ワイン、床に転がしてきちゃった……」

言葉は斗真の唇に吸い込まれた。

起こり始めた変化

明るい光の差し込むビルのエントランス。私は目当ての人物を見つけ、駆け寄った。

「ありがとうね、まどかちゃん」

笑顔を見せるのは圭さん。横にいる斗真に書類を手渡す。

「急ぎの決済書類です。追いかけてしまい、すみません」

どうしても今日中に斗真の確認がいる書類があったのだけど、斗真も圭さんも、オフィスに戻るのが夕方になりそうだった。そこで私が書類を持って出動したのだ。たまにあることだけど、今日の出先は横浜(よこはま)だ。駅前のオフィスビルが待ち合わせ場所。

「……いや、助かる」

斗真は私から書類を受け取り、短く言った。

「確認がてら、ランチにしようよ」

圭さんの提案に私は頷いた。ちょうどお昼どきだ。ふたりの休憩にもなるだろう。

駅から少し離れたホテル上階のレストランは、冬の海が見えた。

「書類はＯＫだ。まどかから営業本部に戻してくれ」

「はい。わかりました」

「それと、第三営業部の件だが、メールが入っていなかったか？」

「対応済みです。メール多いでしょう？　スマホで確認してくれてもいいけれど、紙でまとめてあるから、戻ったらお目通しくださいな」

ランチプレートが運ばれてくるので、書類をしまう。圭さんが感心したように言う。

「すっかりツーカーの仲だねえ、斗真とまどかちゃん」

「どこが？」

「どこがですか？」

尋ね返す斗真と私の声がかぶった。圭さんがきょとんとしてから、すぐにぶふっと吹き出した。

「ほら、タイミングはバッチリ」

「そういうことじゃなくて」

「照れない照れない。社長と秘書としても、未来の夫婦としても、噛み合ってるのはいいことでしょう」

それはその通りだとしても、改めて言われると恥ずかしいものがある。

斗真と暮らしだして二ヵ月半。年も明け、春の結婚式も見えてきた。斗真と私はまあまあ平和に婚約者として暮らしている。

最初感じていたような嫌悪感はもうない。食事も寝るのも一緒で問題ない。休日は必ず実家に帰っていた私が、最近は土日のどちらかは斗真と過ごしている。何をするでもなく、お互い別なことをしていたりするけれど、それもさほど気詰まりじゃない。

一緒にいれば憎まれ口もたたき合うし、揃って、ぷいと怒ってしまうこともある。それでも、なんとなく和解して一緒に食事をしたり、コンビニで買ってきたお酒をソファで並んで飲んだり……。

どう考えても、これって普通の同棲カップルよね。しかも、熱烈な恋愛期間がすっぽ抜けて、すでに長年一緒にいる熟年カップルみたいな……。

「実際、まどかは思ったよりもよくやってくれてはいますが」

いきなり斗真が言うので驚いた。

「圭さんを甘やかしていることだけは困っていますね」

「え？　俺ぇ？」

圭さんが情けない声を上げた。

確かに、圭さんのほうが斗真より手間がかかる。圭さんは自宅マンションが遠いので、しょっちゅう副社長室に泊まってしまうし、クリーニングも多い。

生活用具を持ち込んで散らかしたりするので、朝晩の掃除は欠かせない。

「奥さんもらったほうがいいんじゃないですか？」

「ええ？　奥さん、面倒くさいでしょ。斗真は公私ともにぴったりのまどかちゃんを見つけられてよかったよねえ。俺はお金でハウスキーパー雇うよ」

「じゃあ、うちのまどかをハウスキーパー扱いしないでくださいよ」

うちのまどかという言い回しに、ムズムズしてしまう。斗真は意識していないみたいだから余計だ。

「はいはい、まどかちゃんを奪われたくないんだね。気をつけます〜。まどかちゃん、やだねえ。男の嫉妬って醜いねえ」

「嫉妬じゃない」

斗真は圭さんにからかわれると子どもみたいだ。そんなふたりのやり取りに思わず吹き出す。

「ほら、食べましょ。お腹空いちゃった」

二藤に転属してきた当初は、こんなふうに日々を楽しく感じられるようになるなんて思わなかった。

私は私なりに環境に順応している。

その中心にあるのが、名瀬斗真への感情の変化であることは、自分でもよくわかっているつもりだ。

二藤商事の社長室に戻ったのは十五時。さて、午後の仕事を片付けて、掃除をしようかな。

すると、私のデスクに宅配の荷物が届いている。中は総務を通さずに購入している備品。それに、来週の来客用にお取り寄せした銘菓の箱。しかし、私は備品の箱を開けようとしてぴたっと手を止めてしまった。

ガムテープを貼り直した跡がある。そうっと開けて、がっくりと肩を落とした。

「またか～」

備品は花壇のものとおぼしき土にまみれていた。前回の注文品は水浸しだった。今度は土。新手だわ。

……って、そうじゃない。銘菓の箱はそのままだけど、そっと開けてみれば、中のお菓子はひとつ残らず潰れていた。踏みつぶしてから包装し直しているんだから、手間がかかっている。

っていうか、食べ物を粗末にするヤツは死刑でいいんじゃないかしら。

物騒なことを考えながら、片付けに入ることにした。

年明けから、再び私への嫌がらせが始まった。荷物は汚され、私物はしょっちゅうなくなる。総務を経由する書類は紛失されたり、改ざんされていたり……。

犯人は十中八九、那須野桜だ。社長室の鍵を扱える総務の人間じゃないとできないことばかりだし、総務を通さないで購入した備品も、一度は総務が預かるのでその際に悪戯されているのだろう。

ランチキャンセル事件でおとなしくなったかと思いきや、やっぱり私への憎しみは衰えないらしい。むしろ、入籍や結婚式が近づいてきたことで再燃しているようだ。

私個人への嫌がらせは別にいい。でも、会社のお金で買っているものを傷つけたり、書類を滞らせたりするのは、会社の損害な気がする。

それでも、もう少し様子を見よう。これ以上悪化しないなら鎮静化するのを待とう。

ふた月もいればわかる。那須野桜は総務でかなり幅を利かせている。それは父親の威光が大きいようだ。何しろ父親は主要取引先の重役で、二藤商事会長とは親しい間柄。那須野桜本人も、社長とは幼馴染みだと吹聴しまくっているみたいだし。

貝原渉外課長や庶務課長程度では、注意しても聞かないことも多い様子。これは、貝原課長と仕事をしているとき、漏れ聞いたものだけど。

私が斗真に泣きつけば早いかもしれない。調子に乗っている彼女を、斗真が厳しく注意すればいい。

しかし、ここで斗真に話すのは密告するみたいで嫌だ。たとえ斗真が、また私が意地悪されていると察していてもだ。

ぶちまけられた土をゴミ袋に入れ、備品はすべて給湯室で洗うことにする。ビニールの内袋のおかげで、備品自体はほぼ無事だ。ただひたすらに手間がかかるだけ。

お菓子は残念だけど、来週、来客の間際に近所の和菓子店に買いに行こう。何しろここは日本橋。名店はいくらでもある。

ああ、でもお取り寄せしたお菓子は限定品だったのになあ。

ゴミ袋を手に一階に下りると、受付のところにいる那須野桜と遭遇した。最悪のタイミングだ。

受付も総務部の区分なので、後輩に指導をしていたようだけど、私を見つけてつかつかと歩み寄ってくる。

「久谷さん、ゴミの回収は明日だわ。ギリギリに出してくださる？」

ゴミの集積場は一階の裏手。いつ出してもいいことになっているので、こんなことを言われる筋合いはない。しかも、これを仕組んだのは絶対にこの女である。

「ごめんなさい。ゴミが花壇か鉢植えの土のようだったから、社長室に虫が出ちゃ、まずいでしょう？　悪いけれど捨てさせてもらいます」

「やだ、なんで土が？」

わざとらしく笑ってみせる顔に、やっぱり犯人なんだなと確信する。でも、きっと証拠は残していないのだろう。

「第八営業部もゴミが多いのよね。しょっちゅう出しに来るから困ってるわ。クタニは書類の電子化が進んでなかったそうね。なんでも紙で書類を作るからシュレッダーゴミが多くて。あまりにも前時代的ねえ」

私は黙っている。『二藤だって、紙書類が多いじゃない』なんて言い返さない。

この女は、きっと私を苛立たせたいのだ。乗ってやるものか。

「あなたのお父様は、そういうことに無頓着だったのかしら。だからクタニは立ち行かなくなったんでしょうね」

さすがにこの発言には拳を握りしめた。駄目駄目、我慢しなければ。

でも……我慢すればするほど、彼女は調子に乗るんじゃないかしら。以前みたいに、ガツンと言ったほうが……。

「失礼」

私はニッコリ笑った。奥歯を噛みしめながら。

少なくとも今は駄目だ。ロビーで未来の社長夫人が総務の女性社員を言い負かしていた、なんて言われるわけにはいかない。


腹立つ～と思いつつ、那須野桜を相手にするのは馬鹿らしい。私は自分の仕事をきちんとこなして定時を迎えた。斗真も圭さんも帰社していない。さほど遅くはならないと聞いているから、夕食は作ってしまおう。

生鮮を扱うデパートの食品売り場で材料を購入し、帰宅する。暖房をつけ、食事を作る前にソファでひと休み。

ふた月半か。なんだか慣れている自分が怖い。

私はクタニを吸収合併した斗真を憎んでいた。だけど、それが逆恨みに近い感情であることももう理解していた。

クタニを維持できなかったのは父と私なのだ。斗真は合併という形であれ、私たちの生活を救ってくれた。クタニから取引先を奪っていたということだって、適正な競争のうちのこと。ただあの頃は、二藤憎しで見えなくなっていたのだろう。

じゃあ、斗真の人間性についてはどうだろう。冷たい傲慢な男だと思っていた。だけど、この二ヵ月で認識が変わりつつあるのも事実。

斗真の意地悪は照れ隠しのことが多い。斗真が冷たい態度を取るときは、わざと距離を置こうとしているとき。それは私に近づきすぎないように気をつけているみたいに見える。

案外、斗真は私を大事にしてくれるし、私を尊重してくれる。

そしてベッドの中でのことを考えると、その認識は間違っていないと思わざるを得ない。

抱き合っているときの斗真は強引だけど、とびきり情熱的だ。何度も名前を呼ばれ、髪を撫でられ、キスをされ、綺麗な瞳で射貫かれて……。

言葉では聞いたことがないけれど、行為のすべてに愛を感じる。斗真がアカデミー賞ものの役者なら話は別だけど。

それとも、男の人は愛がなくてもあんなに夢中で女性を抱けるものなの？　とろけそうな愛を感じさせてくれるものなの？

そんなことを考え、ぼんやりしていたら、玄関が開いた。

「え？　斗真？」

予想より早く斗真が帰ってきた。どうしよう、ごはんの準備をまったくしてない！

「ただいま……どうした」

「ごめん！　三十分くらいぼーっとしてたみたい！　ごはんの支度、これからするから！」

「気にするな」

コートをソファに放ると、斗真は自らキッチンに入っていく。

「ほら、これなんかどうだ？」

食料品をしまった戸棚から取り出したのは、インスタントラーメンだ。非常食用に買っておいたっけ。

「ええ？　いいの？　足りる？」

「昼がホテルのランチコースだっただろ。そこで肉も野菜も食べてる。一日の栄養素はもう摂取した」

超理論だけど、一理あるかも。買ってきた食材はすべて明日に流用できるものばかりだし。

「お義母さんが送ってくれたブロッコリーをつけたら、一食になるか。今夜はそうしちゃおうかな」

「ブロッコリーは別にいらない」

「斗真が好きじゃないのは知ってるけど、食べてね。たくさん送ってくれたんだから」

渋々頷く斗真は結構可愛い。美味しければなんでも食べる、なんて最初は言っていたけれど、実は野菜があまり好きじゃない斗真。子どもみたいよ。

「まどか」

「なあに？」

呼ばれているようなので寄っていくと、不意に抱き寄せられた。

驚いたものの、ここで過剰反応をしたら、斗真はすぐに身体を離してしまうだろう。いや、別にいいんだけど。離れてくれて問題ないんだけど。でも、斗真の貴重なデレだし、受け止めてあげたほうがいいような気がする。

そんなことを考えながら、心臓は忙しく脈打っている。バクバクと実際に音が聞こえそう。ベッドの中以外で、こんなに接触することがほぼないのだ。

おそるおそる腕を伸ばし、私は斗真のジャケットの背を撫でた。

「どうした？　疲れたの？」

なるべく落ち着いた声音で尋ねると、斗真が赤い顔をしながら身体をそっと離した。

「なんでもない」

「癒されたくなっちゃった？　いやあ、私って癒し系だもんね」

照れ隠しに言うと、斗真が顔をしかめて、「どこがだ」と呟いた。

なんだか恥ずかしいな。斗真が急にハグなんかしてくるから意識してしまう。

私は熱い頬のまま、キッチンに向かった。


一月末のある日のことだ。

午前中、私は半休をもらい、父の病院に行っていた。先週無事に手術を終えた父は、来週頭には退院見込みだ。退院日時を相談し、手続きをするためにやってきた。

主治医の話では、一回の手術で悪い部分はすべて切除できたという。よかった、ひとまずホッとした。

退院も正式に決定したので、事務処理のため、一階の総合受付に向かおうとしたときだ。

「あれ？」

貧血だろうか。強い目眩を感じた。立ちくらみに近いかもしれない。

一瞬、目の前が真っ暗になる感覚だった。しばし、壁に寄りかかり、落ち着くのを待つ。

おかしい。今度は気持ち悪くなってきた……。

「駄目だ、一度戻ろう」

父の病室には、一緒に来ていた母もいる。

「まどか、顔色が悪いんじゃない？」

「うん……、なんか調子悪いかも」

慌てた声で父が言う。

「すぐに診てもらいなさい。せっかく病院にいるんだから」

大げさじゃないかなと思いつつ、手術後の父に風邪をうつすわけにはいかない。インフルエンザや他のウイルス性の病気だったら困る。

「そうだね。内科の午前診察、保険証出してこようかな」

「あなたは座っていなさい」

かなり具合が悪そうに見えたのか、母が私の保険証と受診カードを持って病室を出ていった。

母を見送って数分で体調はよくなってきた。吐き気は収まり、クラクラもしない。なんだったんだろう。疲れがたまっていたとか？　それでも、もう受診受付はしてしまったし、念のために診てもらうことにした。

混み合った総合病院の内科だ。呼ばれたのはお昼過ぎ。血液検査と尿検査を受けて私に下された診断は、驚くべきものだった。

「妊娠……ですか」

「はい。赤ちゃんの影が見えますよ。まだ小さいですが」

超音波写真で示された部分には、丸い円が見える。

「月経不順ということですが、最終月経から数えて、二ヵ月の終わり頃ですね」

医師の言葉が遠くで聞こえる。

妊娠。斗真の子どもを妊娠している？

頭に浮かんだのは斗真の顔。婚約当初から言われてきた。跡取りを産め、おまえの役割はそれだけだ、と。

斗真の望む赤ん坊がお腹にいる。

喜びより先に私の心に浮かんだのは、不安だった。胸がざわざわしてくる。

斗真は喜んでくれるのだろうか。

喜ぶことは間違いないだろう。望んでいた二藤の後継者だもの。

私を道具としてしか見ていない斗真なら、私はさらっと言えただろう。『二藤の跡継ぎができたわよ。産んだら、私の役目は終わりね』なんて冷たい表情で。

だけど、最近の私と斗真の関係は少し違う気がする。だから、私は妊娠をなんと告げたらいいかわからない。

それと同時に、私は斗真がどんな顔をするか怖い。どんなことを口にするか怖い。

『ああ、おまえは用済みだな』とか、『もうひとりくらい産め』なんて冷淡なことを言うかもしれない。もっと嫌なのは『そうか』と興味なさそうにされること。

きっと斗真はそんな態度は取らない。わかっている。ふた月半一緒にいて、斗真は実は私を気遣ってくれているって知っている。

だけど、それは私が都合よく解釈した斗真像なのかもしれない。実際、斗真が私に対してどう思っているか……私はちゃんと言葉で聞いていない。だから、斗真が妊娠に対してどんな反応をするか想像がつかない。

ああ、やっとわかった。

私は斗真が一緒に喜んでくれるか、不安なんだ。赤ちゃんができたって言ったら、普通に歓喜してほしい。跡取りとか役割じゃなくて、赤ちゃんを授かった夫婦として笑い合い、祝いたいのだ。

だって、このお腹の赤ちゃんのパパとママは、私たちなんだもの。

私、どうしちゃったんだろう。こんなことを考えるようになるなんて。

私は赤ちゃんができて嬉しい。同じように斗真にも喜んでほしいなんて。

病室に戻り、両親にそっと報告する。心配をかけたのだから、言わないわけにはいかなかった。

「まだ安定期じゃないから、誰にも言わないで」

「もちろんだよ」

「名瀬さん、きっと喜ぶわよ」

母の言葉に、私はわずかにうつむき、答えた。

「そうだね。後継者を産むのは、私の大事な仕事だから」

口調は自然に沈んでしまっていた。

午後、予定より少し遅れて出勤した。体調は特に問題ない。波があるのだろうか。

私は自分のデスクに着き、腕組みの姿勢でうーんと唸る。

いつ言おう。妊娠したって。

困った。婚約を決めたときより困っているかもしれない。

もうどうにもならないことであるし、さっさと言わなければならない。だけど、躊躇してしまう。

　この件に対する斗真の反応で、私と斗真の関係性がわかる。温度差を感じたくないというか……。私ばっかり喜んで、斗真がクールだったら、お腹の赤ちゃんがかわいそうになってしまう。私も、しゅんとしてしまいそう。

「まどか、確認したいことがある」

　そう言いながら、斗真が社長室に戻ってきた。

　私はぎくりと肩を跳ね上げ、すぐに「はい」と返事をした。

　今は仕事中。余計なことを考えないようにしよう。

「再来月のレセプションパーティーの件なら、会場は日刻ホテルで押さえてます」

「それだ。海外の招待客の中に、宗教上食べられないものがあるとのことなんだ。今日、急に言われた。対応できるか？」

「すでに日刻ホテルのマネージャーと打ち合わせ済みですよ。招待客リストでチェックしてましたから」

「助かった。ありがとう」

　事務的に言い、斗真は自分のデスクに戻る。ＰＣをチェックしている間も腰を浮かせているから、忙しいのだろう。

「まどか、今夜は遅くなる」

「あら、会食の予定はなかったでしょう」

「専務と常務ふたりと飲む約束をしてしまった。親父の代から頑張ってくれている人たちだ。たまに労ってやらないと」

「それは大事なお仕事だね」

そうか。じゃあ、明日の朝まで延ばして……いや、いっそもう少し後でも。

「斗真、もう出かける？」

「ああ。この後外出するが、五分程度なら時間があるぞ。何か確認か？」

私は咄嗟に、ぶんぶんとかぶりを振っていた。

「ううん、なんでもない！」

伝える機会を逸してしまった。斗真は何も不審に思わない様子で、私に近づいてくる。私の顔を覗き込み、無邪気にも見える表情で尋ねるのだ。

「甘えたくなったか？」

「はあ!?」

『何をとんちんかんなことを！』と怒鳴り返そうかと思ったら、斗真はすっかり優しい笑顔になり、私の頭をよしよしと撫でる。愛犬を撫でる飼い主みたいな感じだ。

「最近、バタバタしていたからな。おまえも久谷社長の手術があったばかりだし。スキンシップは足りていなかったかもしれないな」

いつ私がスキンシップしたいと言ったのよ。そんなにあんたにベタ惚れじゃないわよ。勘違いにもほどがあるんじゃない？

などなど、いろんな言葉が溢れそうになる。しかし、よしよしと私の髪をまぜっかえす斗真の雑な手と、随分柔らかな微笑を見ていたら、言葉が出なくなってしまった。

だって、たぶん……スキンシップしたいのは斗真のほうだもの。

腕を伸ばし、私は斗真の頭をぐりぐりと撫で返した。背が高い斗真に届くように、ちょっと背伸びをして。ワックスで固められているから撫でづらいけど、構うもんか。

「まあ、適度なスキンシップは必要かもね」

「もう少し素直に甘えてこい。察してやらなきゃならないとは、面倒な女だな」

心の中で『あなたがね！』と怒鳴ったけれど、口にしなかった。

出発前の五分は、謎の頭ぐりぐりスキンシップで終わり、結局妊娠のことを言いそびれてしまったのだった。

翌朝、私は随分早く起き出した。体調は悪くない。ただ、斗真に妊娠の事実を告げていないことだけが心を重たくしている。

温かな紅茶を淹れ、飲みながら、ふと紅茶はカフェインが多かったことに気づく。

確か、カフェインはあまり摂りすぎてはいけないと聞いたことがあるような……。タバコは元から吸わないけれど、お酒も駄目だったはず。他は？　何が必要で、何を避けるべきなの？

ああ、妊娠と出産について知らないことばかり。赤ちゃんのためにも、妊婦の心得を勉強すべきだ。

「悩んでる場合じゃないのになあ」

せっかく淹れたし、一杯だけなら、と残りの紅茶をすすっていると、寝室のドアが開いた。

「おはよう。早いな」

現れた斗真は眠そうな顔だ。端正な顔の斗真も、目をしょぼしょぼさせてあくびなんかしていると、隙だらけで人間くさい。いつもぴしっと張りつめている彼が見せる油断した姿は、結構好きだ。

それにしても、ゆうべはお酒を飲んで遅かったし、もっとギリギリまで寝ているかと思ったのに。

顔を洗いに行く斗真を見送り、斗真の分も紅茶を淹れた。

「はい、お茶。朝ごはんは？」

「やめておく」

「そう」

私はお腹が空いている。というか、昨日は空腹時に目眩と吐き気があったから、朝は食べたほうがいいような気がするのだ。

食パンを取り出してトースターに入れ、キッチンから斗真の顔を盗み見た。斗真はマグカップを手に、束の間のぼんやりを味わっているという雰囲気だ。

「斗真」

迷いより勢いだった。今なら身構えずに言えるかもしれない。

「なんだ？」

「昨日、病院行かせてもらったでしょ？　父ね、来週退院が決まったから」

「そうか、それはよかった。家の改装も間に合ったな」

斗真の表情が明るくなる。半ば強引に私の実家を療養仕様に改築してくれたのは斗真で、両親もすごく感謝していた。だけど、その件は置いておいて……。

私は一度呼吸を整える。

「それで……病院で調子が悪くなっちゃってね、私が」

「え？」

斗真の顔色が、さっと青ざめる。

ああ、心配してる！　早く言葉にしなければ。

「検査してもらったの」

仕事バッグからファイルを取り出すと、私は挟んであった超音波写真を勢いよく差し出した。

斗真が受け取り、しげしげと眺める。それからぱっと顔を上げ、驚いた表情で私を見た。

「まどか……」

「赤ちゃん……まだ二ヵ月だけど」

言いながら、心臓がドクドクと鳴り響いているのを感じた。どんな顔をすればいいのかわからない。

この瞬間が怖くて言い淀んでいた。斗真は、なんて言うだろう？

斗真はうつむいていた。超音波写真を持つ手が震えているのが見える。

「そ、そうか……。生まれてくる子は二藤の後継者だな。俺の妻として、ようやく務めを果たせそうじゃないか」

私を見ずに、傲岸な態度で言う斗真。それは想像した冷たい言葉のひとつのはずだ。

だけど様子が違うのは、最初からわかっていた。

斗真の手がぶるぶる震えていることも、頬が真っ赤でちょっと目尻が潤んでいることも、芝居でもなんでもない。隠しきれない喜びだ。

嬉しいんだね、斗真。喜んでくれているんだね。

出会ったばかりの私なら、この冷たい言葉に、きっと怒っていた。『やっぱり嫌な男！』って。言葉を額面通り受け取って傷ついていたかもしれない。

今なら伝わる。斗真の素直じゃない喜びが、ちゃんと響いてくる。

私は嬉し涙をこらえ、斗真に合わせて、ツンとした声音で答えた。

「ええ、そうよ。斗真の後継者にして、最大の敵となる子よ」

腕組みをして、偉そうに言い放つ。

「いつかこの子と一緒に斗真から権力を奪ってやるわ。今から楽しみ」

「ふん、やれるものならやってみろ。子どもは俺を尊敬し、俺を手本として立派な後継者になるだろう」

「斗真の背中を見てたら、ワンマンな性悪になっちゃうわ！」

言い返して、お互いにぷいっとそっぽを向く。キッチンに戻ってトーストを取り出しつつ、リビングをちらりと見る。

斗真はうつむいている。ダイニングテーブルに置いた超音波写真に見入っているのは明らかで、さらには右手が小さくガッツポーズを取るのだから、この男、可愛すぎやしないかしら。

私がぷっと吹き出すと、見られていたことに気づいた斗真が、がばっと顔を上げた。びっくりした顔をしている。やっぱり顔が赤いわよ、名瀬斗真。

心配したり、不安になったりしていた自分が馬鹿みたい。斗真はちゃんとひとりの父親として喜んでくれているんだもの。

ずんずんと歩み寄り、私は斗真の肩を後ろからばんばん叩いた。

「ちょっとお！　他に何か言うことはないの⁉　旦那様！」

「馬鹿！　痛いぞ！」

緊張がほぐれ、無性に笑いが込み上げてくる。斗真は笑われていることにむっとしつつ、立ち上がって私を見下ろした。必死に真面目な顔になろうとしているのに、頬が緩むらしく、微妙な苦笑いになっている。

「斗真の赤ちゃんです！　ほら、ここにいるよ」

手を取り、お腹を触らせると、とうとう斗真が陥落した。震える口元から言葉が漏れた。

「……まどか、ありがとう。……元気な子を産んでくれ……」

うろたえ、涙すら滲みそうなその表情は、愛情深い夫の顔だった。私は満面の笑みで答えた。

「任せて！」

斗真が私の背に腕を回し、そっと抱き寄せてくる。

素直にその胸に顔をうずめ、ぎゅうっと抱きついた。

ベッドの中じゃなくても、もうこうすることに不安や違和感はなかった。

私……斗真のこと、もう嫌いじゃないんだ。

斗真の赤ちゃんを産むんだ。


妊娠発覚。その日から斗真はすべての予定を変え始めた。

まず、夜の会食などの類いは極力減らし、外泊を伴う出張もぐっと少なくした。

朝は私を満員電車に乗せまいと、一緒に車で出勤。私に頼む仕事も減った。文句を言うと、『秘書の仕事を辞めて、家にいてくれていい』なんて言いだす始末。

ここまで仕事を覚えて、いきなり辞めさせられてはたまらない。言い合いの末、安定期に入るまでは仕事をセーブ、その後は出産まで継続勤務と決まった。

案外、過保護じゃない？　この男。

結婚式についても準備が進んでいたけれど、大幅に予定を変更することになった。日取りは元の予定通り四月末。身内だけでひっそりと式を挙げる予定だ。入籍だけは早々に済ませることにした。

斗真は大きく変わったわけじゃない。今まで通り冷たいし、意地悪だ。だけど、それが溢れる喜びを隠してそういう態度になってしまっているのは、なんとなくわかる。

一緒にベッドで眠りに就くとき、斗真はよく私を後ろから抱きしめる。そんなとき、幸せそうにまだぺったんこの私のお腹を撫でるのだ。

斗真は冷たい男じゃない。きっと、生まれてくる赤ちゃんを溺愛してくれる。私のことも、妻として、パートナーとして、大事にはしてくれるのだろう。それがわかるから、斗真に抱きしめられて眠る夜に幸せを感じる。

恋でなくていい。こんな夫婦でいいのかもしれない。憎しみや恨みからスタートした政略結婚なのに、私は満ち足りているもの。

妊娠発覚から一週間が経った。たった一週間で、身の回りが大きく動き始めたような気がする。私も斗真も、まだ見ぬ赤ちゃんの存在を強く感じている。

一方で、私の身体には大きな実感はない。病院で貧血を起こして妊娠が判明したけれど、それ以降、目立った体調の変化がないのだ。

赤ちゃんもまだ小さく、安定期ではないので、毎日がドキドキ。次の妊婦健診は二月で、それまでは赤ちゃんが無事かわからない。

二度目に病院を訪れたときの検査で、赤ちゃんの心拍が確認できていたから、おそらく妊娠継続に問題はないと言われているけれど。

つわりはいつ始まるのだろう。このままつわりがなければいいなあ。誰でも多少は身体の調子が悪くなるものなのだろうか。初めてのことで、わからないことだらけだ。

赤ちゃんが生まれるのは九月の初旬。それまで、ゆっくりママになる勉強をしていこう。斗真もきっと一緒に勉強してくれる。親になる準備をしてくれるだろう。

青山一丁目の駅に到着し、近くの食料品店で夕食の買い物をする。斗真が毎日早いので、夕食も作り甲斐がある。

今日は残っていた材料でお鍋にしてしまおうかな。鶏ひき肉を買ったので、これに生姜のすり下ろしを混ぜてお団子を作って入れて……。斗真はきっと『普通の味』とか言いながら、全部たいらげてくれるのだろう。素直じゃないんだから。

マンションのエントランスは少し高い位置にあるので、階段を上らなければならない。たいした段数はないものの、お腹が大きくなったら大変だろうなと想像する。

赤ちゃんが生まれたら、ベビーカーもあるし、右横にあるスロープを使おう。

すると、マンションのエントランスの前に見知った人影を見つけた。誰であるかはすぐにわかり、ぎょっとした。会社じゃない。ここは私と斗真の自宅だ。

「久谷さん」

那須野桜は薄暗い夕闇の中、いっそう暗い顔で私を見つめていた。

「那須野さん、なんの用？」

最初から挑むように、私は彼女を見つめた。家の前までやってくるなんて、よほどのことだ。

「斗真くんと入籍するんですってね。春じゃなくて来週に。父から聞いたわ」

斗真のご両親と圭さん、うちの両親に妊娠は伝えてある。安定期ではないから、他には言っていない。入籍の件も身内しか知らないことだ。彼女の父親が知っているのは、お義父（とう）さん経由だろう。赤ちゃんのことはまだ知らないのかもしれないけれど。

「ええ」

入籍については隠さなくてもいい。いずれ公になることだ。

するといきなり那須野さんが飛びかかってきた。私の両肩を掴み、がくがくと揺さぶってくる。

「斗真くんと別れて！　別れなさいよ！」

「ちょっと、那須野さん！　やめて！」

私は階段の途中にいた。右手に持っていたエコバッグが落ち、中身が階段をごとごとと落ちていく。

「あんたがいなければ、私が斗真くんのお嫁さんになる予定だったのよ！　あんたさえいなければ！　あんたたち卑しい親子が斗真くんにたかったんだわ！」

「思い込みもいい加減にしてよ！」

父のことまで悪く言われ、今まで蓄積してきた怒りが頭の中で弾けた。

腕を振りほどこうと、那須野桜の身体を押し返した。腕は完全に外せないものの、身体と身体に距離ができる。彼女の形相を負けじと睨み返した。

「私に言うこと？　斗真本人に言いなさいよ！　私を選んで、って。それができないから、私に絡んでるんでしょう？　そんな弱虫の卑怯者のために私は退場してやらないわ！」

「あんたみたいな女！　斗真くんの花嫁には相応しくないのっ！」

那須野桜は絶叫し、かぶりを振った。

「大嫌い、大嫌い！　二藤の社長夫人になんかさせない！」

私の袖や肩を掴んでいた手が、一瞬緩む。

「いなくなって」

あ、と思う暇もなかった。次の瞬間、彼女は私の身体を階段から突き落とした。

危機を感じたとき、世界はスローモーションになると聞く。それを私は身をもって体感していた。

表情をなくした那須野桜。視界がぐるりと回り、空が見えた。身体が宙に浮く。

――赤ちゃん!!

次の瞬間、私の頭の中は小さな命のことでいっぱいになった。

私を頼って生きる、小さな小さな宝物。どうしよう！　どうしたら、守れる？　私はどうなってもいい。だけど、このか弱い命は絶対に失えない！

スローな世界の中で、私は赤ちゃんを守る方法だけを考えた。

しかし、私の身体は階段を転げ落ちることも、コンクリに打ちつけられることすらなかった。

突き飛ばされた私の身体を背後から抱き留めたのは、斗真だった。

「斗真！」

「まどか！　大丈夫か⁉」

斗真もまた青い顔をしていた。おそらく、私と那須野桜の揉み合う姿を見て飛んできたのだろう。

斗真は私をぎゅうっと抱きしめ、肩に顔をうずめてしばらく呼吸を整えていた。斗真が私を受け止めてくれなかったら、最悪の事態もあり得た。斗真本人も恐ろしい思いをしただろう。

「桜、これはどういうことだ」

やがて怒りを抑えるように、低い声で斗真が那須野さんに尋ねた。

「斗真くん……まどかさんが私を突き飛ばそうとしたのよ。だから仕方なく」

「ふざけるな！」

抜け抜けと言う彼女を、斗真が一喝した。

「おまえがまどかに嫌がらせをしていたことは知っている。俺の幼馴染みだと吹聴し、自由気ままにやっているのは、おまえの親父さんの立場もあるから目こぼししてきた。しかし、俺の妻を傷つけるのは許さない！」

怒りと憎しみでどす黒く染まった顔で、那須野桜は私と斗真を睨んでいる。

「斗真くんが悪いの。私、子どもの頃から夢見てきたのよ。いつか斗真くんのお嫁さんになるのを」

「それは、おまえの両親がおまえに刷り込んだことだ。俺や俺の親の意志ではないし、そんな約束もない」

「だけど順当にいけば、私が花嫁のはずだったわ！　斗真くんがそんな女を拾ってこなければ！」

拳を握りしめて、絶叫する那須野さん。私はふたりのやり取りを、固唾を飲んで見守る。

斗真が静かに言った。

「俺の花嫁は俺が決める。まどかが現れなくても同じことだ。身勝手で利己的なおまえではない」

それは厳しく手ひどい拒絶の言葉だった。斗真は今この瞬間、はっきり那須野桜を振ることにしたのだろう。

「桜、今日のことは看過できない。おまえのことを危険だと思う。もうまどかには近づけたくない。おまえのご両親と近々に話す必要がある」

「なんで私の両親と？　私を振ったなら、それでいいじゃない」

やけくそのように怒鳴る那須野さんに、斗真は静かに言い渡した。

「おまえが二藤に勤務していたのは、あくまでおまえの父親の威光だ。多少の我儘が通ったのもな。今回の件で身を滅ぼしたことだけは知っておけ」

那須野さんは呆然とし、それから勢いよく階段を駆け下り、走り去っていった。

斗真は私の代わりに、転げ落ちた荷物を拾い集め、改めて私の腰を抱いた。

「斗真」

「よかった……おまえが無事で」

心から安堵した声で言い、私の髪に甘えるように顔をうずめた。私はまだ震える手で斗真の頬を撫でた。

「ありがとう、助けてくれて」

「おまえがされていることに気づいていながら放置した、俺の責任だ。エスカレートする前に手を打つべきだった」

「私のことを思いやって何もしなかったんでしょう。想像できないわよ、こんなこと」

エントランスに入り、廊下を進む。ようやく私も呼吸が整ってきた。

「彼女、斗真のことすごく好きだったんだと思う」

「かもしれない。だけど、俺は自分の大事なものは自分で決める」

ふたりの部屋に着き、玄関の中に入ると、斗真が私を抱きしめた。本当に怖い思いをしたのだろう。その手はまだ震えている。

私もだ。あの一瞬、お腹の赤ちゃんを失うんじゃないかと、ものすごく怖かった。

「これからは、俺がまどかとお腹の子を守る。二度と危険な思いも、怖い思いもさせない」

「うん」

「守らせてくれ」

私たちは固く抱きしめ合い、目を閉じていた。

すれ違う心

二月後半。斗真と暮らし始めて三ヵ月と少し、妊娠発覚からひと月。

私は秘書業をこなしながら日々を過ごしている。赤ちゃんは間もなく四ヵ月に入る。

ひと月前、那須野桜に突き飛ばされた件は、その後彼女が二藤を自主退職したことで幕を閉じた。事の次第は斗真から彼女の父親に話し、父親の強い勧めで辞めることになった。

一応、傷害未遂であり、エントランスの防犯カメラを調べれば彼女の非は公に証明できる。しかし、退職させる代わりに事件にするのはやめてほしいと、那須野桜の父親から嘆願されたそうだ。

彼女は今後、海外勤務の男性と見合いをするという。私に近づかせないために、斗真と彼女の父親が手筈を整えたのだろう。

彼女の自分勝手な態度と思い込みには、今でも怒りを覚える。知らなかったとはいえ、赤ちゃんの命を危険にさらしたのだ。到底許すことはできない。

ただ、斗真を好きな気持ちだけは本物だったのだと信じている。

だから、私はこの結末に納得している。彼女が次の恋愛こそ、真剣に相手と向き合えることを祈らずにはいられない。

私はというと、現在は母子ともに健康に過ごしている。一方で、ここにきてつわりの症状が出始めた。どうやら食べづわりというものらしく、何かを食べないと気持ち悪くなってしまうのだ。

お腹が空くと気持ち悪いのに、たくさんは食べられないので、しょっちゅうグミやクッキーをつまみ食いしなければならない。空腹時間が続くと吐いてしまう。この状態がすでに三週間。結構きつい。

「まどか、ほら」

外出から斗真と圭さんが揃って戻ってきた。ふたりはそれぞれ私のデスクにお菓子を置いてくれる。

「食べろ。クッキーだ」

そっけなく言うけれど、私の好きなメーカーのクッキーだ。こればかり食べているのをよく見てくれている。

「俺のほうはマカロンね。ここのお店のマカロン、嫌いな女の子はいないんだ。美味しいよ」

「圭さん、女性にお菓子を贈ったりするんですか?」

「いやいやいや、誤解しないでね。お客さんのところよ？　女性ばっかりのところ多いでしょ？　アパレルの小売業とか」

慌てて圭さんが言い訳をし、斗真が真顔で忠告する。

「気をつけろ、まどか。圭さんの手口だ。菓子からプレゼントに慣れさせて、服や靴を買い与えて、最終的には一本釣りだ」

「圭さん、怖い」

「待って、待って。夫婦でいじめないで！」

圭さんが悲鳴を上げる。

「斗真とまどかちゃん、入籍してから、ますます息ぴったりだね」

「そんなことないですよ」

苦笑いする私と、まんざらでもない表情の斗真。すぐにはっとしたのか、いつもの冷たい表情を作る。

普通に照れ顔をしていればいいのに。隠すんだから。

那須野さんの事件のすぐ後、私は斗真と入籍した。久谷まどかではなく名瀬まどかになった。斗真とは、いい距離感でいられていると思う。

「まどか」

ふたりからもらったお菓子をぱくぱく食べていると、斗真が声をかけてきた。

「苦しいなら定時までいなくていい。早退しろ」

「ありがとう。平気よ」

「俺もそんなに遅くはならない。夕食は適当に買って帰る」

「もう、平気だってば」

答えながら私もついニコニコしてしまう。斗真はぶっきらぼうだし、冷たいけれど、その奥にある優しい感情に気づいてしまってから、私は彼を嫌だとは思えなくなっていた。

「まどか」

斗真が一瞬、圭さんが見ていないか確認し、それから私の髪を撫でた。

「あまり頑張りすぎないでくれ」

顔を近づけ、ささやくように言う。頬が熱くなるのを感じながら、私はこくんと頷いた。

「うん、わかったよ」

斗真は納得したように私から離れ、デスクに戻った。

私のうぬぼれでなければ……の話。斗真は私に、多少なりとも好意に近い感情があるのかもしれない。

名瀬斗真という男が、ただの傲慢で冷徹な男じゃないと気づいたとき、私への感情はひとりの不憫な女への優しさなんだと思っていた。赤ちゃんができたときは、子の母として大事にしてくれるのだと思っていた。

だけど最近、斗真の態度にそれ以上の気持ちを感じる。髪を撫でる手や、抱きしめる腕や、キスをくれる唇に強い情愛を感じる。

本当に私の気のせいじゃなければ、なんだけど。

斗真は、私のこと好きなのかな。一緒にいるうちに好きになってくれたのかな。

いや、『くれた』って、私もそう望んでいたみたいな思考だ。別に、私は望んでなんかいない。

だけど、斗真がもしひとりの女として好いてくれるなら、嫌だなんて思えない私がいる。斗真に好かれたら嬉しい。そう感じてしまっている。


土曜、私は実家に来ていた。父は退院して自宅療養中だ。

「体調はいいのか」

リクライニングベッドで身体を起こし、父は私に笑顔を見せる。薬の影響と長期の入院で痩せたし、筋力も落ちてしまった。

だけど、父はまだ若い。病気から快復すれば、いくらでも鍛えられると医師が言っていたし、私もそう信じている。

「食べてないと気持ち悪いのよ」

「お母さんもそうだったよな。まどかがお腹にいるとき」

父がキッチンの母に呼びかける。お盆を手にした母が和室にやってきた。

「そうよ。私に似たのね。さあまどか、お父さん、お饅頭食べましょう」

食べづわりの身にお饅頭は助かる。しかも近所にある、子どもの頃から親しんできた和菓子屋のものだ。嬉しくて顔がほころぶ。

「斗真くんが改装を申し出てくれて、ありがたかったよ。自分でもこんなに筋力が衰えていると思わなかった。一階で生活できると、何かとラクだ」

「名瀬さん、最初に会ったときは嫌な人だと思ったけれど、私たちにまで心を砕いてくれて。親切な人だったのね」

両親が言うので、私はお饅頭を咀嚼しながら、うーんと小首を傾げた。

「親切といえば、そうなのかも。大企業の社長の割にはね」

「宝田くんも言っていたけれど、クタニの社員は合併直後なのに、高額の賞与が与えられたそうだ」

「二藤の基準に合わせただけよ」

そう言うものの、斗真が待遇面に差をつけないように心を配っていることを、私は知っている。

「本人はね、結構子どもっぽいところも多いよ。すぐに野菜残そうとするし。あと、赤ちゃんは本当に喜んでる」

笑って私が答えると、父がほお、と息をついた。

「それでも、まどかの未来を決めてしまったことを申し訳なく思うよ」

両親はきっと、いつまでも私の人生について後悔するのだろうか。それは嫌だ。私は首を横に振り、言った。

「悪い縁でもなかったのかなって……最近は思える」

クタニを別として、斗真に〝買われ〟なかった世界線の私はどうなっていただろう。

恋愛に積極的ではないから、結婚も出産も二の次で、仕事に邁進していたように思う。

後継者はいずれ部下の中から選ぶなんて言っていたかもしれない。

今、私のお腹の中で成長している小さな命と出会うこともなく……。

それは少し寂しい気がする。少なくとも私は今の自分に満足している。私に赤ちゃんをもたらしてくれた斗真に、感謝の気持ちすらある。

「不思議だけど、今は赤ちゃんを無事に産むために、私と斗真はコンビ組んでる感じ。それに、この子が二藤の後継者になるなら、なくなっちゃったクタニも報われる気がするんだよね。……なんて、この子が二藤を継ぎたくないって言ったら仕方ないんだけどさ」

母が横でふふ、と笑った。

「まどか、表情が柔らかくなったわ。お父さん、まどかはけして不幸せなんかじゃないわよ。名瀬さんはあなたにも優しいんでしょう」

「うん、優しい。……優しいね、斗真は」

自分で確認するように呟いて、気づいたら微笑んでいた。

たぶん私の笑顔は、ちょっと幸せそうに見えたのだろう。両親も嬉しそうに微笑んでいたから。

夕食を一緒に食べ、母の作ったお惣菜(そうざい)を手に実家を出た。

斗真は圭さんとゴルフに出ている。取引先のゼネコンの会長さんとだって言っていたけれど、夕食をどうするかは未定だとも話していた。

何も食べていなかったら、冷凍ごはんを温めて、お惣菜と一緒に出してあげよう。

「まどかさん」

実家を出てすぐに声をかけられた。振り向くと、そこには衣川くんがいる。

「衣川くん、どうしたの？　父のお見舞いに来てくれた？」

思わぬところでの出会いに、私は駆け寄った。

「いえ、今日はまどかさんに用事があって来ました。久谷社長に先日お会いして、今日お越しだって伺っていたので」

いったい、いつから待っていたのだろう。実家まで来てくれればよかったのに。

それとも、父には聞かれたくない話なのだろうか。

衣川くんの真剣な表情から、不安な気持ちになる。二藤を辞めるとか、そういう相談かもしれない。

「それじゃ、駅前でお茶でも飲みましょう」

向かい合うのは久しぶりな気がした。私のひとつ年下の衣川くんは、クタニという小さな会社でずっと一緒に頑張ってきた仲間だ。

だから彼の表情が曇り、わざわざ私に会いに来てまで話したいことがある現状が心配だ。何かつらいことがあったのだろうか。

「衣川くん、どう？　仕事で不便なことはない？」

「まどかさんは、名瀬社長と入籍されたんですよね」

「うん。そうよ」

式を春に挙げるので、入籍まで社内に大々的に発表しなくてもいい、と斗真も私も考えていた。それでも経営陣は知っているし、口止めをしているわけでもないので、噂は届くのだろう。

「入籍される前にお話しすべきでした。申し訳ありません」

がばっと衣川くんが頭を下げた。私はなんのことやらわからず、顔を上げさせようとする。

「何？　どうしたの？」

「まどかさん、新会社を作る計画があります。代表にはまどかさんが就任してほしいと、みんな言っています」

驚いた。新会社とはどういうことだろう。

「待って。二藤から離脱するつもりなの？　宝田部長はこのことを知っているの？」

「いえ、宝田さんは知りません。ご迷惑もかけられませんし。旧クタニ社員の中で、久谷社長に強い恩義を感じているメンバーを十名集めました。彼らと二藤を離脱します。二藤に奪われた取引先の数社は、俺たちが奪い返していきます」

造反計画だ。彼らだけが集団退職するならわかる。でも、顧客を奪っていくようなことをすれば、二藤も黙ってはいられないだろう。

「衣川くん、無理よ。コミネ紡績は奪えない。数社の取引先を持って出奔しても、みんなの生活を支えるだけの仕事はできないわ。しかも二藤を敵に回すようなやり方はよくない」

「……まどかさんは、心まで名瀬斗真に洗脳されてしまったんですか?」

衣川くんの言葉に、ドキリとした。

洗脳。そんなつもりはない。

だけど、私の心には確かに、クタニをなくしたばかりのときとは違う感情がある。

そして、衣川くんにそれを突きつけられ、狼狽していた。まるでクタニのみんなを裏切ったような気がしてしまう。

「二藤商事はこれからも強引な手法で、さまざまな業界の中小企業を呑み込んでいきます。それがさも救済であると言わんばかりに。名瀬斗真にわかるはずがないんですよ。俺たちのように小さくとも地道に商売をしていた人間のことは」

斗真はそんな男じゃない。忙しい日々の中、多くのことに気を配って生きている。強引で冷徹に見えるけれど、血の通った優しい男だ。

秘書だからわかる。クタニ以外の買収された会社も、条件は違えど、冷遇などされていない。みんな、なるべく元の待遇を維持してもらっている。

衣川くんたちもまた、待遇の面ではけして不自由な思いはしていなかったはずだ。だからこの造反はきっと、感情面で納得できない部分なのだろう。

「まどかさんが必要なんです。クタニの正統な後継者、身をもって俺たち社員を救ってくれた人。あなたを名瀬斗真から解放することも俺たちの悲願です」

「衣川くん、そんな……」

「あなたさえ頷いてくれたら、俺たちは行動を開始します。久谷社長の意志を継ぐのは俺たちです」

そんなことを父は望んでいない。父はみんなを幸せにしたかったから、クタニをなくした。責任を取って職を辞した。私に犠牲を強いたと、ずっと後悔していた。

彼らが二藤から造反して、自滅の道をたどることを父はけして喜ばない。

だけど、それを言っても衣川くんに伝わるかはわからなかった。彼は熱くなっている。彼には彼の正義しか見えない。

斗真が優しい男だと、彼は知らないのだから。

「少し考えてみてください。また会いに参ります」

そう言うと、衣川くんは先に店を出ていった。

後に残された私は、ホットミルクを手で包み、うつむいた。


マンションに帰宅すると、斗真はすでに帰っていた。

「おかえり」

「ただいま。斗真、ごはんは？」

「お茶づけでも食べようかと、冷凍ごはんを温めてる」

ちょうど電子レンジが稼働しているので、いいタイミングだったみたいだ。

「それなら、おかずあるよ。実家からもらってきた。チンジャオロースも入ってたから、ごはんに載せたら美味しいよ」

「ああ、もらおうかな。というか、俺がやるから座ってろ」

「平気よ、このくらい」

ごはんをどんぶりに移して、温め直したチンジャオロースを載せてしまう。他のおかずも温めて、一緒に食卓に出した。

その間、斗真はふたり分の温かなお茶を淹れてくれていた。

斗真の向かいの席に着いてお茶を飲む。斗真は男らしい食欲で食事を進める。

「美味しい？」

「うまい」

「私の作ったものは『普通』とか言うくせに～」

「お義母さんが作ってくれたものだからな」

ぱくぱくと食べ進めながら、やや黙り、それから言った。

「まどかの料理はうまい」

「な！　何それ！　今さら!?」

「一緒に住みだした頃、おまえは不機嫌だったからな。なんでも褒めていたら、俺が機嫌取りにおべっかを使っているみたいだろう。言いたくなかっただけだ」

「機嫌取りなさいよ！」

「今、取ってる。おまえの作るものはうまい。家事も仕事も頑張ってくれて、ありがたい」

言いながら照れているのか、茶碗を置き、頬を赤らめ、そっぽを向いてしまう斗真。

その顔を可愛いと思ってしまうんだから、私も重症だ。

「腹の子のためにも、仕事も家事もペースを落としてくれていい。いや、のんびりしてほしい」

私は手を伸ばし、テーブルに置かれた斗真の手に自らの手を重ねた。

「ありがとう。充分、のんびりやってる。斗真のおかげ」

「そうか」

手をひっくり返し、斗真は私の手を握り返した。

妊娠がわかってから、私たちは性的な接触はしていない。だけど、斗真は私を毎晩抱きしめて眠るし、深い情愛は伝わってくる。

斗真が言ってくれれば、言葉にしてくれれば……私は斗真の腕に飛び込みたい。斗真と生きていくと改めて伝えたい。素直な気持ちで。

衣川くんの申し出を受けることはない。

確かに、斗真を大事に想うことで罪悪感に近い感情がある。だけど、私はもう選んだのだ。斗真と二藤で生きると。

翌週月曜、私は自ら衣川くんを会議室に呼び出した。昼休みの時間帯だ。

「まどかさん、考えていただけましたか?」

衣川くんは厳しい表情をしている。

「二藤を辞め、名瀬斗真と離婚し、俺たちと来てくれますね」

「衣川くん、あなたたちは勝算があると思ってやっているの？」

「いくつかの取引先には個人的に相談していますし、同業の代理店数社が独立を支援してくれると言っています」

「個人的な約束だけじゃ危ないと思う。二藤から独立しても後ろ盾が必要な状況では、自分たちの思うような仕事はできないわ」

苛立ったように衣川くんは言う。

「マイナスな面ばかり数えないでください。まどかさんは、このまま二藤にいて悔しくはないんですか？　あなたこそが、クタニの正統な後継者だったのに」

彼の怒りは若さゆえだ。憤りはわかるけれど、利がない。頭ごなしに否定せず、理解を示したうえで諦めさせたい。

「なんにせよ、時期尚早だと思うの。二藤にいたくないなら仕方がないわ。でも、二藤の顧客を奪って独立となれば、二藤は黙っていることはできない。悔しさだけに突き動かされないで。自分たちがどう仕事をしていきたいかを考えて」

「俺たちは、あなたと仕事がしたいんです。久谷社長の愛娘のあなたと。優しくて、教養があって、人の上に立つ資質があるまどかさんと。名瀬社長の元じゃない」

衣川くんは立ち上がり、会議室を出ていこうとする。

「待って、衣川くん」

私はまだ正式に断りを口にしていない。衣川くんも察しているのだろう。だからこそ、私の回答を聞く前に出ていこうとしているのだ。

「次にお会いするときは、まどかさんの気持ちが固まっていることを祈ります」

「衣川くん、私は反対するわ」

声をかけたけれど、彼はもう振り向かなかった。

ひとり会議室に残され、私は額に手を当て、うつむいた。

どうすればいいだろう。彼らの勢いに任せた造反を支援はできない。止めたい。だけど、彼らにプラスの材料を提示してあげられない。私は斗真の秘書であり、クタニの後継者ではないのだ。

そのときだ。会議室のドアがゆっくりと開いた。

そこに立っていた人物を見て、驚愕で凍りついた。斗真だった。

「斗真……」

冷たい瞳で斗真は私を射貫く。出会った頃のようによそよそしい瞳だ。

「悪いが、聞かせてもらった。第八営業部、衣川直人。他数人と、造反の動きがあると把握している」

第一営業部のスパイの件以降、内部調査が厳しくなったのは理解している。営業本部付けの監査室を稼働させ、不穏な動きを経営陣が察知しやすくしているのだ。

「衣川が会議室で社内の人間と会うようだと情報が入った。驚いたぞ。その会議室を予約したのがまどかとは。だから、俺が直接確認に来た」

私は至極冷静に返す。

「話を聞いていたならわかると思うけれど、私は彼らの造反には反対している。止めたいと思っている」

「それは本心からか？」

斗真の言葉に、私は顔を歪めた。

何を言いだすの？

「古い仲間たちと仕事をする。そのトップが自分。それは、まどかの望むところではないのか」

望んでいないかと言えば否定しきれない。心のどこかで、いまだクタニ時代を懐かしむ気持ちがある。

しかし、それはもう過ぎ去った夢だ。今の私の夢は、まずお腹の子を無事に産むこと。それから、斗真と……。

「連中についていけばいい」

低い声が響いた。

信じられない気持ちで、私は斗真を見つめた。

「斗真、何を言ってるの？」

「コミネ紡績の利権は、もう二藤のものだ。それを扱えるクタニの社員の大半は残るのだろう。ついていきたくないという者は抜けてくれて結構だ。それはまどか、おまえも例外ではない」

心臓が軋む。呼吸ができない。

斗真の言葉がわんわんと耳にハウリングする。

「連中はおまえを旗印に、新規事業を立ち上げたい。おまえもまた、あの衣川という男とともに行きたいのだろう？　それなら、行けばいい。生まれた子どもは名瀬家のものだ。渡さない。それがわかったら、荷物をまとめてとっとと出ていけば――」

斗真が話し終わる前に、私は勢いよく立ち上がった。椅子が倒れ、テーブルが大きくずれる。

目が熱いし、息が苦しい。身体中、全部痛いと思ったけれど、一番痛いのが心だとわかった。

「斗真は何もわかっていない」

声は震えていた。怒りとも悲しみともつかない激情が、全身を渦巻いている。

「斗真とお腹の子と生きていくつもりだった。あなたと家族になるつもりだった」

まっすぐに斗真を見つめた。自分の頬を熱い涙が伝っているのを感じていた。

「だけど、それは私だけの夢だったんだね。斗真にとって、私は子どもを産めば用済みの存在……。思い出したわ」

ずっと、ずっと、斗真の優しさに触れてきた。意地悪な態度の奥底にある温かな感情を感じてきた。

だけど、それは私の思い上がった勘違いだったのだろう。斗真にとって私は、変わらず道具でしかなかった。

「さようなら。今日は早退します。赤ちゃんの親権については、第三者を交えて話し合いましょう」

最後は怒りさえ表せなくなっていた。斗真がどんな顔をしているか見ることもなく、彼の横を通り過ぎた。

放心状態で会議室を出て、まっすぐ社長室に向かった。

副社長室に圭さんはいない。パソコンをシャットダウンし、荷物を手早くまとめて、斗真が戻ってくる前に社長室を出た。

脇目も振らずに、斗真と暮らすマンションに戻る。ともかく日々の生活ができるように、衣類や靴をスーツケースに詰め込んだ。

整理しているときに、バッグからはみ出た母子手帳が視界に入る。いつも携帯しているそれは、ニッコリ笑顔の赤ちゃんのイラストが描かれている。

母子手帳をぎゅっと抱きしめると、また涙が滲んできた。泣いている暇はない。早くここを出ないと。

最低限の荷物を手に、私はマンションを出た。まるでこれから旅行という出で立ちで、カフェに落ち着き、スマホでマンスリーマンションを探す。

実家には帰れない。病後の父を心配させたくないし、クタニの社員について余計な気を回させたくない。

「馬鹿みたい、私」

あんな男を愛しているかもしれないと感じた自分が、恥ずかしい。虚しくてたまらない。この三ヵ月を消してしまいたい。

だけど、お腹に宿った頼りない命を、なかったことにはしたくない。

私はこの子を産む。たったひとりでも産んで育てる。


三月最初の週。私は支度を整え、ひとりマンスリーマンションを出た。

日本橋のオフィスまでは運動を兼ねて徒歩だ。ぴゅうぴゅう風の通り過ぎるオフィス街は、コートの襟を合わせて歩く人ばかり。それでも、あと三週間もすれば桜の便りが届くだろう。

心は春爛漫とはいかない。別居から十日が経った。

私は変わらず二藤商事に勤務している。いずれは辞めるつもりだが、出産を終えてからでないと新しい職を見つけるのは大変だろう。

それに、私が突然辞めたら、第八営業部の社員がみんな心配するに違いない。衣川くんたちは、いよいよ決起の合図だと喜ぶかもしれない。

それは阻止したい。彼らは、自分たちの造反の動きが上層部にバレているなどと思いもしないのだ。動きを牽制し続けるためには、もう少しここにいたほうがいい。

「社長、今日の予定ですが、先方より約束を三十分前倒しできるかとお電話が入っています」

　私の言葉に、斗真は無表情で答える。

「構わない」

「承知しました」

　短い言葉だけを交わして、私はデスクに戻った。

　仕事はこれで障りがない。私は斗真と目を合わせないし、斗真も話しかけてくることはない。

　たまに何か言いたげに私を見つめるけれど、どうせろくでもない意地悪だろうと、私も無視している。

　私と斗真に起こった断絶について、圭さんは知っているようだ。私は話していない。斗真が説明したのだと思う。いずれ離婚になるのだから、当然、話しておいたほうがいい。

　圭さんは特に何かアクションをしてくるわけではない。いつも通り明るく私に仕事を頼んでくれるので、それはありがたい。

　むしろ、私と斗真を社長室にふたりきりにしておくのはよくないと気遣ってくれているようで、ちょくちょく副社長室から顔を出してくれるし、寝椅子にしているひとり用のソファとノートパソコンを持ち込んで仕事をしていることも少なくない。

赤ちゃんは順調に四ヵ月健診を終えた。だけど、私の気持ちだけが順調じゃない。

本当は斗真から早く離れたい。顔を合わせれば、怒りと悲しみでぐちゃぐちゃな感情に支配されて、それを押し込めるのに必死になってしまう。なるべく斗真と関わりたくない。

今、私にできることは、この子を守ることだけ。仕事も生活も、すべてこの子のため。そう思うことで毎日をやり過ごしている。

生まれたこの子を斗真は欲しがる。渡してしまえば、完全に縁は切れるけれど、自分の身体で育んだ子を簡単に渡せるだろうか。私はすでにこの子に愛着があるというのに。

昼食時、私はひとり外に出ることにした。外食が増えたのは、斗真と同じ空間にいたくないからだ。

なんとなく蕎麦屋に足が向いた。脂っぽいものが食べたいと思ったら、浮かんだのがここの天ぷら蕎麦だったのだ。

入店すると、ちょうどよく席が空き、すぐに座れた。天ぷら蕎麦を頼み、以前斗真と来たことを思い出した。

あのとき、次来たときは天丼にしようかなんて話していたっけなあ。今日はもう天ぷら蕎麦を頼んでしまったけれど、次こそは天丼にしよう。

そんなことを考えていると、横の席の椅子が引かれた。

何気なくそちらに視線をやって、ぎょっとする。

斗真だ。

「何？」

「蕎麦を食べに来たら、偶然おまえがいただけだ」

剣呑な私に、斗真は冷たい声で言った。

「あっちの席に移動するわ」

立ち上がろうとすると、手首を掴まれた。

「店の迷惑だ。じっとしてろ」

唇を噛みしめ、私は渋々座り直す。本当は一刻も早くここから逃げ出したい。

お蕎麦が来ると、私は勢いよくすすりだした。熱いけれど、早く食べきってしまいたい。

「体調はどうだ」

斗真に尋ねられ、私はしばらく答えなかった。口の中がお蕎麦でいっぱいだったのと、会話をしたくなかったからだ。

「……問題ありません」

「四ヵ月健診は」

「土曜に行きました。問題ありません」

斗真の前にもお蕎麦がやってくる。斗真はしばし箸をつけず、言葉を選んでいるようだった。

「これから腹も大きくなる」

「ええ」

「不便もあるだろう。マンションに戻れ」

私は不作法にも、かちゃんと音をたてて箸を器に置いた。

「何を言っているの?」

「子どもの健康のためだ。優先すべきは赤ん坊だろう」

「あなたといても何も変わらないわ。むしろ、ストレスで私の体調は悪くなりそう」

そう言って私は残りのお蕎麦をすすりきった。かき揚げの残りも口に押し込む。

「まどか」

苛立ったように斗真が私を呼んだ。聞き分けがないとでも思っているのだろうか。言いくるめれば言うことを聞くと思っているのだろうか。

「お先に失礼します。社長」

会計を済ませ、私は店外に出た。ムカムカしていた。

そうまでして、お腹の子を手元に置いておきたいのか。それとも外聞が悪いからだろうか。

どちらにしろ、絶対に言うことは聞いてやらない。

その日の夜、マンスリーマンションに戻ると、シングルベッドに転がった。

くたびれた。妊娠してから疲れやすくなったように思う。ホルモンの影響なのだろうか。

最低限の設備はあるワンルームのマンスリーマンションは、実家と日本橋のオフィスの真ん中に借りた。都心部には需要があるのか、割とすぐに見つかってよかった。

「駄目だ、このままじゃ寝ちゃう」

空腹を防ぐためのゼリー飲料や、栄養補助食品のクッキーじゃ心許(こころもと)ない。夕食を食べよう。

重たい身体をどうにか起こして、財布を持った。

何が食べたいか考え、実家近くのキッチンイイサカに行くことにした。ここのマンションからなら徒歩で行ける距離だ。

両親と鉢合わせすることも考えられたけれど、父はまだ外出をしない。確率は低い。どうしても、飯坂さんお手製のビーフシチューでオムライスを食べたい気分になっていた。

「ミサエさんのお孫さんだ。ようこそ」

飯坂さんは息子さんとキッチンにいた。私はカウンターに座り、オムライスを注文する。

「久しぶりだね。今日はご実家？」

「ええ、そんなところです」

ごまかしながら、なんとなく嘘をついてしまったことに気分が暗くなる。

思い出されるのは、今日の斗真。斗真は私に戻ってきてほしいのだろうか。それはどういう意味で？

おそらく、私との不仲が社内の人間にバレたくないのだろう。

お腹の大きくなった私が別居していたら、後継者として立てたい赤ちゃんの血筋まで疑われるかもしれない。

結局、私は〝モノ〟でしかない。斗真に買われた妻なのだ。

私の中で、斗真はもう嫌な人間じゃなかった。いつしか大事な人になりかけていた。

だから、斗真の言葉にひどく傷ついた。心の一部が壊されてしまったみたい。

今はお腹の赤ちゃんへの愛情しか感じられない。他にはもう何も考えたくない。

「ここ、空いてるかなあ？」

明るい声が聞こえた。店内には空席もあるのに、私の横のカウンター席に腰かけようとする人がいる。一瞬だけど、シルエットや声の感じから、圭さんかと思った。

その人の顔を見上げて、私は驚いた声を上げた。

「ゲンタさん？　ゲンタさんでしょう？」

そこにいたのは祖母の入院時代のお友達、ゲンタさんだった。

「お、やっぱりミサエちゃんのお孫さんだ。まどかちゃんだったね～」

背筋はしゃんとしているし、柄シャツにサングラスなんて気取った格好だけれど、確かもう八十代だったはず。

「うわあ、お久しぶりです！　三年半ぶりくらい？　お元気そうで！」

「まどかちゃんは相変わらず可愛いね。スタイルも俺好み！」

「はい、セクハラ。変わってないんだから」

私を触ろうと、手をわさわさとさせてみせるゲンタさんに、私は拒否の姿勢。本当に変わっていない。困ったセクハラおじいちゃんだ。

「ゲンタさん、常連なんだよ。海外に行っていないときは、ほぼ毎日飯を食いに来てくれるのさ」

飯坂さんが厨房から声をかけてくる。

「俺たち、ミサエさんのファンだったからね。先に逝っちゃって、本当寂しいよ」

飯坂さんもゲンタさんも、祖母が近くの病院に入院しているとき、仲良くしてくれた人だ。祖母は穏やかな人で、どこに行っても人気者だったけれど、当時あの病院に集まっていた入院患者はみんな部活のメンバーみたいに仲がよかったのを思い出す。

その中で、祖母ひとりがそのまま逝ってしまったけれど。

「俺はミサエさんも好みだったけれど、まどかちゃんがストライクだったからなあ。再会できて嬉しいよ」

「ゲンタさんが中庭でこっそりタバコを吸ってるとき、コケて動けなくなってたのを、まどかちゃんが助けたんだっけ」

飯坂さんが豪快に笑い、ゲンタさんも照れ笑いをする。元々、祖母と仲良しのゲンタさんだったけれど、私との出会いにはそんないきさつがある。

「あのせいで骨折して、入院が長引いちゃったんだよ。もう手術終わってたってのに」

「ゲンタさん、日頃の行いですよ。病院中うろうろしてたから、退院させたら治るのも治らないって思われたんじゃないかしら。問題児だったもの」

私の言葉に、飯坂さんとゲンタさんが楽しそうに笑った。

私とゲンタさんは同じビーフシチューオムライスを食べた。懐かしい人と食べる懐かしい味に、ちょっとだけほっとする。暗かった気持ちに温かな光が差したみたい。

飯坂さんは「明日の仕込みに入る」と奥に行ってしまい、ゲンタさんとふたりで話すことになった。

「そうか、まどかちゃん、お嫁に行ったか。おめでとう。花嫁姿をミサエさんに見せられなくて残念だったなあ」

「ええ。でも父には見せられそうです。父も病気をして、この前手術を終えたばかり」

「お父さんも病気したのか。そりゃ、いろいろ重なってご苦労様。手術まで終わったのはよかったなあ」

　ゲンタさんも確か父と同じ病気で、手術で病巣を摘出しているはずだ。今これだけ元気なゲンタさんを見ると、父も快方に向かうのではないかと感じさせてくれる。

「ひとり娘が嫁に行ったなら、親御さん、安心しただろう」

　両親の顔がちらつき、気分が暗くなる。私が斗真と離婚するとなったら、両親は何を思うだろう。

「どうかしら。言い方はあんまりよくないけど、政略結婚みたいな感じなんです」

「まどかちゃんは美人で気立てがいいから、大金持ちに見初められたかと思ってたよ」

「いーえ、そんなんじゃないの。旦那さんにね、子どもだけ産めばおまえはいらない、みたいなこと言われちゃって」

「おいおい、穏やかじゃねえなあ」

　腕組みをして、ゲンタさんは困った顔をする。

「元からそういう話だったんです。跡継ぎを産めって言われてたから。でも、最近は大事にされてる気はしてたし、優しいところもあるんだなあ、なんて思ってたんです。私の勘違いだったみたいだけど」

斗真から投げつけられた悲しい言葉に、また胸が痛くなる。愛情どころか人間的に信頼もされていなかった。そうでなければ、他の社員とともに会社を離脱していい、なんて言わないに違いない。

私は最初から、斗真に期待されていなかったのだ。

「こんなにはっきり不要だって言われたわけだし、いい機会だから、離婚に向けて動きだしてみようかなって思ってたんです」

「まどかちゃんの旦那は馬鹿だねえ。こんな可愛い子を捕まえておいて、その態度。……でも、それが全部本心かっていうと、わからないもんだよ」

ゲンタさんが私を覗き込んで言う。悪戯っ子みたいな瞳をしている。

「本心じゃない？」

真意を知りたくて、私もゲンタさんを見つめ返す。

「男なんて見栄張りたい生き物だからなあ。心底惚れてても、自分からは縋れない。大事にしたくても、照れくさくってできやしない。なぁんか、やきもちでも焼く出来事があったんじゃないかい？」

「それは……」

衣川くんと話はしていた。だけど、私は彼を止めたいと思っていただけで。

「あとは、喧嘩になって売り言葉に買い言葉なんてこともあるよ。本当は大好きなのに、突き放すようなことを言っちまって。旦那、今頃は後悔でがっくりしてるんじゃねえのかな」

「私の夫は……そんなふうには思ってないですよ」

私は力なく首を左右に振った。

「そりゃ、旦那の本音は言ってくれなきゃわかんねえな。でも、俺の見立てじゃ、旦那はまどかちゃんに惚れてるよ。素直になれないだけさ」

自信満々にゲンタさんは言う。

不思議な人だ。きっと適当なことを言っているだけなのに、ゲンタさんの口から出てくる言葉は真実みたいに聞こえる。

「それに、まどかちゃんの気持ちは、はっきりしたんじゃねえの」

ゲンタさんが、にっと笑う。

私の気持ち。それはなんだろう。

「そんなことを言われて悲しい程度に、まどかちゃんは旦那に惚れてたんだろ」

「私が？　彼に？」

笑って答えるけれど、ゲンタさんの言うことは、けしてかけ離れたことではない。

私の中にある、埋まらない寂しさの理由。それはきっと……。

「もちろん、謝ってくるまで許しちゃなんねえよ。最初に躾けておかないと、男は調子に乗るからな」

「ゲンタさんの奥さんも、ゲンタさんを躾けてくれたの？」

「おう。もう死んじまったけど、うちのかかあは厳しかったぞ～。喧嘩すると、謝るまで家に入れてくれないんだから。俺は何度も家の前で土下座したね。息子たちもかかあの味方だから、まいったよ」

私は吹き出して笑った。

「ゲンタさん、話を聞いてくれてありがとう」

「おお。もし馬鹿旦那が素直に謝れなかったら、俺のとこに連れてきな。まどかちゃんに何すんだ！って叱ってやるから。それでも駄目なら、そいつは捨てて俺のところに嫁においで。後妻で悪いけどな」

男前な笑顔で請け負ってくれるので、私も笑って頭を下げた。

「まどかちゃん、身体に気をつけて。本当に気をつけて。また会おうな」

ゲンタさんが優しく言った。

マンスリーマンションへの帰り道、私はほう、と安堵のため息をついた。

ゲンタさんに聞いてもらえてよかった。人に話すと整理できるんだな。

斗真は私のことを本当に嫌い？　私は斗真のこと、どう思ってる？　もう一度、確認したほうがいいのかもしれない。

オフィス街の大通りから、一本の路地に入るとマンションだ。エントランス前に植わった木の横に、見知った人影を見つけた。

住まいまで突き止めていたとは、相変わらず仕事が早い。

「……何をしに来たの？」

「話をしに来た」

沈鬱な表情で、斗真は私を見つめている。私は数瞬迷った。先ほど言葉を交わしたばかりのゲンタさんの姿が、頭の中をよぎる。

「ここじゃなんだから、部屋に行きましょう」

私の借りている部屋に入るまで、斗真はまったく喋らなかった。

狭いシングルルームに背の高い斗真が入ると、圧迫感がある。私はベッドに腰かけ、斗真を見上げた。

「そこの椅子、どうぞ」

斗真は喋らないし、動かない。突っ立ったままだ。

何を話しに来たのだろう。一向に喋らない斗真を見て、私は焦れた。

「離婚の話し合い？」

「違う」

斗真は即答し、私を見ないままに言った。

「戻ってこい」

「戻れない」

私も厳然と答える。

「赤ん坊は、二藤の後継者にする……。だが、子がひとりでは心許ない。男でも女でも、もう何人かは後継者候補を産むという仕事が、おまえには――」

「そんなつまらないことしか言えないの？」

言葉を遮って立ち上がった。

詰め寄って、斗真をぎりっと睨む。

「わざわざ会いに来て、その態度？　そんな言葉で私が言うことを聞くとでも？　斗真の言葉を聞かせてよ！」

斗真は、立場で私を制したくて来ているんじゃない。私を繋ぎ止める言葉を探している。

それがわかるからこそ、私は本音が知りたい。斗真自身の言葉が欲しい。

「まどか」

斗真が顔を歪める。視線が揺れ、それから絞り出すような声が言った。

「すまなかった。おまえが好きだ」

それは、私がずっと待ちわびてきた言葉だった。

涙が出そうになるのをこらえる。

「あ……、赤ちゃんができたら、母親の私にも情が湧いた？　け、結構、単純なのね」

私の強がった言葉に、斗真が首を左右に振る。

「違う。もっと前から……おまえが久谷社長の秘書をやっている頃から好きだ」

婚約前から、私のことを？

思いもよらない言葉に、私は狼狽した。どんどん頬が熱くなっていく。頭の中は混乱している。

「久谷社長の隣にいるまどかは、綺麗で朗らかで、経営者の視点を持った女だと思ってきた。それが、いつからか……」

「それじゃ……婚約は……」

「久谷社長に、まどかを妻にと願い出ても、利権狙いだと断られることが目に見えていた。まどかに気持ちを告げても、きっと疑われただろう」

確かに、最初に名瀬斗真を認識したのは、父の元へコミネ紡績目当てでやってくる大企業の社長というものだった。結婚を望まれたら、まずは疑っただろうし、断ったはずだ。

「だから、クタニの経営が厳しいという情報を得たときは、チャンスだと思った。クタニに失礼な話だとは思うが、まどかを手に入れられる絶好の機会だと思った」

嘘でしょう。斗真は最初から私のことが好きだったの？　確実に結婚をするための合併だったってこと？

言葉にならない私の疑問に答えるように、斗真が言う。

「強引な手段だったのは、自分でもわかっている。円満な合併をアピールするために結婚だなんて、まどかを馬鹿にしていると。だけど、他にまどかを妻にする方法がわからなかった。嫌われているとわかれば、素直になれなかった」

斗真の声はかすかに震えていた。表情は見たこともないほど頼りない。

「繋ぎ止めたくて、子どもが欲しかった。今は嫌われていても、子どもができれば、いつか自然に家族になれるんじゃないかって」

背の高い彼の顔に、私は両手を伸ばす。

——パン！

音をたてて、斗真の両頬に自分の手のひらをぶつけて挟んだ。そのまま頬を包む。

驚いた顔で斗真が私を見下ろしている。

「だったら、余計にあんな言い方しちゃ駄目でしょう？　子どもを産んだら用済みだなんて」

私の目には涙が滲んでいた。恥ずかしくて、悔しくて、そしてその何倍も嬉しい。

この気持ちが恋なのかと言われれば、わからない。恋のときめきとはまだ違う気がする。

だけど、やっと素直に気持ちを話してくれた夫に、溢れるような喜びを感じていた。

「まどか、すまない。俺が悪かった」

斗真が言い、ぎゅうっと抱きしめてくる。

「あのとき、衣川という男に嫉妬した。まどかとあの男が特別な関係なんじゃないかと邪推した。連中と二藤を出ていいなんて、本心じゃない」

「斗真」

「どこにも行くな。俺のそばにいろ」

斗真の背に腕を回して、何度も撫でる。抱擁が強くなるのを心地よく感じた。

やっぱり、斗真から感じていたのは愛だったのだ。しかも、私が好きだからクタニを救っただなんて。大企業の社長はとんでもないことを考える。

だけど、斗真の気持ちが何よりも嬉しい。私も斗真といたい。

身体をわずかに離し、斗真が顔を近づける。キスの寸前で、私は唇と唇の間に左手を差し込み、阻止した。

「まどか……」

キスを拒否されたと思ったのか、途端に斗真が捨てられた犬みたいな目になる。そんな目をさせてしまったことに罪悪感を覚えながら、私は自分を立て直して言った。

「斗真の気持ち、わかった。嬉しい。赤ちゃんのためにも、家に帰る。だけど、私個人は混乱してる部分もある。斗真のことは大事だけど、まだ〝恋〟にはなってない気もする」

斗真の赤ちゃんを産むのだ。名実ともに斗真の妻として、気持ちを整えたい。

「斗真のこと、ちゃんと好きになりたい。だから、もう少し時間をちょうだい」

「わかった」

斗真は真摯に頷いた。

「おまえを傷つけてきたのは俺だ。おまえに愛してもらえるよう、努力する」

そんな可愛いことを素直に言える人だったのね。

真っ赤になりながら、私は小さく頷いた。


私は斗真と暮らすマンションに戻った。

翌日には衣川くんを呼び出し、二藤の離脱には加担しない旨を伝えた。

「名瀬斗真とともに二藤をさらに大きくすることを、生涯をかけた仕事としたい」

私の言葉は彼に伝わっただろうか。

硬い表情で衣川くんは場を辞して、去っていった。

この先どうするか、私は関与しない。斗真も、彼らの動向によって旧クタニ社員が不利益を被ることはないと約束してくれた。

私が斗真と二藤を守る。造反を企(くわだ)てた彼らが、ここにいてもいいと思えるような会社にしていく。

それは、私に芽生えた新たな夢だった。

花嫁は愛を誓う

四月の後半。斗真と暮らして五ヵ月と少しが経った。

私は妊娠六ヵ月の安定期に入った。妊娠は公のこととなり、膨らみ始めたお腹も隠すことなく仕事をしている。

そしてとうとう明日、私たちは挙式する。

「今日くらい仕事を休めばいいのに」

私のお腹を眺めて、圭さんが言った。今日も私は斗真の社長室で勤務中だ。斗真がいない隙に掃除機をかけてしまおうと思っている。

「動いたほうが、妊婦の健康にはいいんですよ。幸い、経過も順調ですから」

ニッコリ微笑んでみせた。

「斗真と喧嘩して家出したって聞いたときは、どうなることかと思ったけどね。あのときは、真っ青な顔してたっけ。あいつ、結構わかりやすいよね」

「そうですねえ。迎えに来て謝ってくれたんで、許しました」

「おお。すでにかかあ天下だねえ」

ふたりでクスクス笑い合っていると、斗真が戻ってきた。私たちを怪訝(けげん)そうな顔で見る。

「なんだ、ふたりでニヤニヤして」

「別にぃ」

からかうような口調で圭さんが言う。斗真は自分の話をされていたって気づいているみたい。

「それはそうと、じいさんの迎え、圭さんに頼んでいいんですか？」

「十六時に成田だろ？　そろそろ出るよ」

じいさん、それは会ったことのない斗真のおじいさんのことのようだ。

斗真のご両親は、北関東で野菜作りとカフェ経営、おじいさんは海外を放浪しているって聞いたけれど……。

「本当は父が迎えに行く予定だったのに、すみませんね」

「いいのいいの。兄さんと義姉さん、今日の夕方までカフェやってからこっちに来たいんでしょう？　親父は俺が迎えに行くって。そのまま飯食わせて、俺も一緒に本家に泊まるわ」

請け負って、圭さんは出かけていった。

「本家って、まだおうちを残してるのね」

「一応、じいさんの家ってことでな。ほとんど日本にいないけど」

呆れたように斗真が言う。


「私、初めてお会いするわ」

「変わり者だよ。圭さんが二十歳のときに祖母が亡くなって、それからは自分と亡くなった女房のために生きるって、うちの親父に社長を譲って、世界中を遊び歩くヤツになってしまった。ポケットに祖母の遺骨を入れてな。世界中を見せてやるんだって」

「ロマンチストじゃない」

「まあ、明日会える」

斗真は私の両肩をがしっと掴む。

そのまま私のデスクに連れていき、座れと指示する。

「放っておくと、一日中立ち働いている」

「ちゃんとデスクワークもしてます」

「そうじゃない」

後ろからぎゅうっと抱きしめてくる。甘えた仕草だ。私はその髪を撫でた。

「本当は家に閉じ込めておきたい」

「ストレスで爆死するわ」

「それでも、人目に触れさせたくない。まどかを独り占めしたい」

気持ちを伝えてくれてから、斗真はストレートに感情を表現することが増えてきた。基本がひねくれ者だから、いまだに意地悪なことも言うけれど、言葉や行動のすべてに私への好意が滲む。

そんな斗真の気持ちを嬉しく感じている私がいる。愛されるって心地がいい。

大学生の頃、ふたりだけ男性と付き合ったことがある。だけど、当時は恋愛というものに興味があって、経験してみたかっただけなのかもしれない。

告白されてなんとなく付き合って、夢中にはなれないでいるうちに、相手が別な人を好きになってしまった。

それなりに悲しかったようにも思うけれど、クタニの経営の勉強もしていた私は、仕事の面白さに失恋を忘れた。思えば、その程度の恋だったのだ。

今、斗真から向けられる情熱的な愛情に幸せを感じている。私とお腹の赤ちゃんのふたり分。

「斗真、お夕食、何がいい？」

「明日もある。まどかのラクなものでいい。俺も早く上がるから外食だっていい」

「今日は作るよ。明日は外食みたいなものだし」

斗真は私の耳朶(みみたぶ)に唇を押しつけて、ささやいた。

「本当はまどかを食べたい」

甘い声に、私は撫でていた手を拳に変えて、ぽこんと斗真の頭を叩いた。

「冗談」

残念そうに斗真が私から離れる。半分は冗談じゃないくせに。

瞳をすがめて、私はため息をついてみせる。

「そういうことは赤ちゃんが生まれてからね」

「……もちろんだ」

納得したように斗真は頷いた。私に拒否されなかったことを喜んでいる。それが伝わってくる。

この人は私に愛されたいんだ。夫としてそばにいることを許されたいんだ。

「斗真、待ってるから今日は一緒に帰ろうね」

「ああ」

早く斗真の気持ちに応えてあげたい。はっきりと、あなたが好きだって伝えたい。

私の心は、斗真に向いている。

だけど、なぜかまだ言葉にするのはためらわれた。

翌日、私と斗真は都内の神社に向かった。挙式は神前式で、家族のみで執り行う。私の両親、斗真の両親、圭さんとおじいさん。集まってみれば、名瀬家も久谷家も少ないものだ。

当初は二藤全社を挙げてのパーティーの予定だったけれど、私の妊娠と父の療養のために規模を縮小することになった。挙式をし、会食をして終わりだ。忙しい斗真にとっては、このほうが負担が少なくてよかったと思う。

到着早々、私は白無垢の着つけのため控室へ。斗真も着つけがあるものの、私より早く済むだろう。

妊娠という事情もあり、ドレスにするか悩んだけれど、妊娠経過も順調なので白無垢を着ることができた。

「新婦様、帯の位置は少しだけ上にいたしますね」

「腰ひもも柔らかな素材ですが、苦しかったらおっしゃってください」

着つけの人たちは、私の少しふっくらしたお腹を圧迫しないように気をつけてくれる。元来丈夫なせいか、つわりが落ち着いてから体調は絶好調。白無垢に綿帽子くらい問題なく着こなせそうだ。

メイクを終えて、あとは綿帽子をかぶせるだけというところで、新婦控室のドアがノックされた。

介添えの老婦人が入ってくる。

「新婦様、ご家族の方がお会いになりたいそうです」

ご家族？　斗真じゃなくて？

両親だろうか。私は立ち上がり、控室の次の間に移動する。そこにいた思わぬ人物に大声を上げた。

「ゲンタさん！　どうしてこんなところに!?」

礼服姿で、ゲンタさんは片手を上げて立っている。入院していたときはもちろん、この前も柄シャツに短パン姿だったので、礼服姿は不思議に見える。

そもそもどうしてこの神社にいるのだろう。

「おう、まどかちゃん。こりゃべっぴんさんだ」

からっと笑ってゲンタさんは言う。

「斗真より先に見ちゃって、まずかったかな」

「え？」

私はそれ以上言葉が出ない。ゲンタさんの口から斗真の名前が出たことに混乱する。

「ゲンタさん……もしかして」

「まどかちゃんに本名言ってなかったなあ。俺の名前は名瀬源太郎」

「って、え？　ええええ!?」

紅を塗ったばかりの唇を大きく開け、驚愕の叫びを上げた。ゲンタさんは笑顔のまま告げた。

「斗真の祖父だよ」


驚きすぎて混乱している。

ゲンタさんと出会ったのは約四年前、祖母の入院していた下町の病院だった。向かいの病室の患者で、飯坂さんらと一緒に、祖母とは仲良しだった。

私が特に親しくなったのは、ゲンタさんが病院の中庭でこっそり喫煙中に転んでしまった事件からだ。動けなくなっているところを、私が肩を貸して病室に連れ帰り、嫌がるのを無視して医師を呼んだのだ。

それからゲンタさんは私を孫のように……いや、絡みやすい友達のように扱ってきた。祖母が死の間際、自宅に戻ったときに挨拶したのが最後で、その後は三月にキッチンイイサカで再会するまで会ったこともなかった。

そんなゲンタさんが、二藤の元トップ？　斗真のおじいさん⁉

「圭さんに似てるな、とは思ったんですけど……」

「そりゃ、圭が俺に似てるんだよ。斗真もちょこっと似てるだろ？」

ふかふかのソファにふんぞり返って、ゲンタさんは明るい。私はまだ信じられない気持ちだ。

「あの頃から、私がクタニの人間だって知ってたんですか？」

「ああ。ミサエさんの名字もそうだけど、おまえさんの親父の顔を知ってたからね。まどかちゃんは大学出たばっかりだったな」

そう。大学四年の秋に祖母の病気がわかって、入院している期間が長くなったのが、私がクタニに入社したばかりの頃。今から四年前だ。

「ちょくちょく見舞いに来てた斗真も、まどかちゃんの存在に気づいてたよ」

「え？　斗真さんが？」

「クタニの社長令嬢だって、俺が教える前に知ってたな。そっちの会社で顔を合わせてたか？」

私が入社する前から、二藤とクタニの関係はあったし、当時から斗真は社長名代として、直接父に話をしに来ていることが何度かあった。だけど、私はほぼ斗真と接していない。

「俺が転んで、まどかちゃんに助けてもらったって言ったら、『礼をしなきゃ』なんて言うんだよ。だけど斗真のヤツ、いつまで経っても声をかけられないでいやがる。笑っちゃったよ」

思い出しておかしそうにゲンタさんは言う。

「あ、こりゃ惚れてるなって、俺も楽しくなっちゃって、まどかちゃんの話をたくさんしたなあ。俺が病室から消えて遊び歩いてると、看護師より早く迎えに来るとか。ミサエさんと菓子を頬張ってふたりでむせてたとか。美人で気立てがよくて、死んだかかあに似てるとか。あんな子を嫁にもらえって言ったら、照れくさそうにしてたっけなあ」

つらつらとゲンタさんが挙げる話は、私も覚えているけれど、それを斗真が見ていたと思ったら顔が熱くなってくる。

斗真は私が彼を認識する前から、私を認識していたの？　病院で私たちは患者の家族としてすれ違っていたってことなの？

しかも斗真は、私に好意があった？

「話は聞きたがるのに、なかなか本人に声をかけられなかった斗真が、まどかちゃんを嫁にもらったって連絡してきたときは驚いたよ。仕事の行きがかり上なんて言い訳するから、俺は笑ってやったよ。『ずっと惚れてたくせに何を言いやがる』ってな」

「斗真さんは……そんな前から……？」

「ああ、俺が保証する。向かいの病室からミサエさんと笑い合ってるまどかちゃんをよく見てたさ。初恋の中学生みたいな顔をして。……あいつ、プライド高いから、そんなこと言ってないだろう」

聞いていない。そんなところで会っていたなんて知らない。四年も前から、愛されていたなんて。

頬がどんどん熱くなる。

「ゲンタさん、この前の私の相談……わかってて聞いてたのね？」

「おう！　まどかちゃんが斗真のこと、ちゃんと好きになっててほっとしたよ」

悪戯っ子みたいに笑うゲンタさんに、私は赤くなるばかりで返す言葉がない。

きっとゲンタさんは全部知っていた。斗真のひねくれた言葉も、私の強がりも、お腹の赤ちゃんの存在も。

私はずっと斗真に愛されていた。

この結婚は、斗真の純粋な恋愛感情からだったのだ。

ドアがノックされる。介添えの女性の向こうから顔を出したのは圭さんだ。

「あー！　やっぱりまどかちゃんのところにいた！　親父、戻るよ！」

次の間に圭さんが入ってきて、どっかり座っているゲンタさんの腕を引っ張る。

「うるせえのが来ちゃったよ。んじゃ、また後でな、まどかちゃん」

ゲンタさんは圭さんに連行されて出ていった。残された私は、熱い頬と、どくどく鳴り響く心臓に混乱していた。

「外の空気を吸ってきます」

そう伝え、控室を出る。廊下を少し行けば、庭園を望める濡れ縁だ。

斗真がそんな前から私を想っていてくれたことに、驚いている。

病院に入院していた祖母は、末期の癌だった。祖母の最後の時間を輝かしいものにしたくて、毎日病室に通った。祖母と仲良くしてくれる人たちは、みんな私にとっても大事な存在だった。

その先に斗真がいたのだ。私のことを見つめていてくれた。クタニの令嬢としてではなく、見た目だけでもなく、私が泣いたり笑ったりする姿に惹かれてくれていた。

私、斗真のことが好きだ。

本当はずっと気づいていた。斗真に惹かれている。

子どもの父親としてだけじゃなく、彼自身に強く惹かれている。

だけど、それを認めることがどうしてもできなかった。それは私のプライドゆえだろう。クタニを継げなかった私の、最後に残ったあがきみたいな感情が、ずっと斗真への気持ちを邪魔していた。

もう受け入れるべきだ。強引で冷たいけれど、本当は愛情深い斗真に、恋をしているって。

恥ずかしい。

斗真への気持ちを自覚した途端、猛烈に恥ずかしい気持ちになってきた。

濡れ縁には草履が置かれている。整備のためにあるのかもしれない。

いても立ってもいられない気持ちで、私は草履を引っかけ、白無垢のまま庭園に出た。黙々と歩く。

ああ、逃げ出してしまいたい。今さらどんな顔で斗真に会えばいいのかわからない。

最初は大嫌いな人。案外優しいところもあると見直して、赤ちゃんができた頃には私もきっと恋をしていた。

斗真と暮らす毎日が楽しくて……それで……。

「まどか！」

腕を掴まれ、はっと顔を上げた。後ろから追いかけてきたのであろう、黒五つ紋付姿の斗真が私の手首を掴んでいる。

「何度も呼んだぞ。どうしたんだ？　具合が悪いか？」

私の顔を覗き込み、それからぱっと頬を赤くする。

「……綺麗だ。綿帽子をかぶる前に見られてよかった」

白無垢姿を褒めてくれる。その姿に、私もまた真っ赤になった。

変な汗が出てくる。心臓は破れそうにどくどく鳴り響いている。

「まどか、本当に体調は問題ないか？　腹が苦しいか？」

私は斗真の顔を見つめた。言葉は溢れるように出た。

「斗真、好き」

「……え？」

「斗真が好き。私、斗真のこと、好きになってた」

斗真が驚いた顔をする。

「斗真のことが、大好きなの」

目は見開かれ、唇が薄く開く。

次の瞬間、私は力いっぱい抱きしめられた。

「斗真！」

「嬉しい……結婚式の日に、まどかから一番嬉しい贈り物をもらえた」

私は斗真の背に腕を回した。着物なのと、お腹がつっかえる感覚がして、うまくいかない。それに、お化粧で斗真の紋付を汚してしまいそう。

だけど、斗真の抱擁は心地いい。

「ゲンタさんから全部聞いちゃった」

その言葉に驚き、斗真は赤い顔を悔しげに歪めた。

「あのじいさん、また俺のいないところで勝手に！」

「私は！　あの頃、話しかけてくれてよかったよ。入院患者の孫同士として会っていたら、こんなに遠回りしなくて済んだかもしれない」

言いながら、それはきっと今の私たちと違うな、とも思っていた。今の私と斗真の関係は、対立し、遠慮なく喧嘩し、歩み寄り、恋に落ちたからこそあり得るものだ。

「話しかけられなかった。……俺は社長就任前で、その頃すでにクタニとの経営協力で動きだしていた。じいさんを助けてくれたまどかに、お礼だと近づいて、後で俺が二藤の人間だとバレたら嫌われると思った」

「それに、ただじっと見ていたなんてストーカーみたいで、言いたくなかったんだよ」

やけくそで言う斗真の頭を撫で、私は笑った。

「斗真って、本当に私のこと好きねえ」

「ああ、好きだよ。何度だって言ってやる。まどかが好きだ。好きだから、無理やり妻にしたんだ」

斗真が私の紅の差す唇にキスをした。

「まどかに好かれる未来なんて、あの頃の俺には想像もつかなかった」

「私も、こんなことになるなんて想像もつかなかった」

憎かった相手が、最愛の人だと気づいた。その人の赤ちゃんがお腹に宿っている。

「私、幸せだわ」

「斗真」

遠くで介添えや他の人が呼ぶ声が聞こえる。きっと私を捜している。

私は斗真の唇の端っこについた紅を拭った。

「新郎新婦がいなくなって、みんな捜してるね」

「まどか、足袋（たび）が黒くなってるぞ。口紅もはげてるし」

「斗真がキスしたからでしょう」

斗真が私の手を取った。初めてだ。私たちは手のひらを重ね、繋いだ。順序が全然違うけれど、ここが私たちの恋愛のスタート。照れくさくてしょうがない気持ちで、私と斗真は庭園を戻った。

介添えの老婦人に散々注意され、足袋を履き替えて、メイクとヘアスタイルを直されることとなった。


挙式は家族だけでつつがなく執り行われた。お披露目の会食では、ゲンタさんが絶好調。四年前の入院時代の話をするので、斗真は終始赤い顔で不機嫌そうに顔をしかめていた。

照れ隠しに、『じいさん、血圧が上がるからそろそろ黙ってくれ』なんて言っていたっけ。

斗真のご両親も圭さんも、斗真が私を妻に選んだ理由を知ってニマニマしていたし、私の両親も『そんなに前から見初めてくれていたなんて』と、ただの政略結婚じゃなかったということを喜んでくれた。

「俺のひ孫かあ。十人くらい欲しいな」

ゲンタさんの言葉に、斗真が渋い顔で忠告する。

「産むのはまどかだ。勝手なことを言うな」

「なんだよ。十人全員が成人するまで長生きするぞって励みになるだろ？　じじ孝行のために頑張れよ、斗真」

ゲンタさんが調子のいいことを言い、みんなが笑った。

いい式だった。私たちみんなが家族になれたように思えた。

そして、私と斗真は今日ここから始まるのだ。愛し合う夫婦として。


帰宅したのは夕方だった。外はまだ明るいけれど、私は相当くたびれていた。

安定期に入り、昼間は元気に活動できるものの、夜になると疲れを感じやすい。

「まどか、風呂や飯の前に少し横になるか？」

ソファに座り込んでしまった私に、斗真が優しく声をかける。

私が頷くと、斗真が腕を差し伸べてくる。頼って起き上がり、されるがままに腰を抱かれ、寝室に向かった。

甲斐甲斐しく斗真は掛け布団をめくり、シーツを整え、私を寝かせる。私は、その腕をぱしっと捕まえた。

「まどか?」

「お願い、一緒にいて」

おねだりに斗真が目を細める。嬉しさや照れくささが、ない交ぜになった表情だ。

「斗真にぎゅってされて眠りたい」

「可愛いことを言うな。変な気を起こすぞ」

「変な気は、赤ちゃんが生まれてからにして」

「わかってるよ」

斗真は私の要望通り、隣に横になると、腕枕をして私を抱きしめてくれた。私は斗真の胸に顔をこすりつけ、ふふ、と笑う。

「あのね、斗真の腕の中って暑いんだ。真冬でも、暑くて目が覚めるの。でも、斗真は全然離してくれないでしょう? よく寝てる斗真をぽかぽか叩いて脱出してたんだよ、私」

恥ずかしそうに斗真が目を逸らす。

思えば、斗真は私といつまでもくっついていたかっただけなのだ。私が彼を毛嫌いしていたから、余計に離れがたかったのだろう。

私は斗真の頬にキスをして、続けて言った。

「でもね、今はそれに慣れちゃったの。斗真に抱きしめてもらえないと、安心して眠れない」

言いながら私も頬が熱くなる。

斗真が大好き。ずっと私だって好きだった。気づけてよかった。

「ママになっても、私のこと抱きしめて眠ってくれなきゃ嫌よ?」

「当たり前だ。離さない」

斗真の腕に力がこもる。私も斗真の身体に身を寄せた。

幸せで幸せで、目眩がした。

私と斗真が名実ともに夫婦になったのが、この日だった。

あなたを守る

結婚式から一週間が経った。

元より新婚旅行を計画していなかったことと、私の妊娠もあり、私たちは普段通りの生活に戻っている。今までと違うのは気持ちの面。両想いになったのだから。

私はなるべく素直に斗真に甘えるようにしている。斗真はそのほうが嬉しそうだし、斗真も私に甘えやすいはず。意地っ張りでひねくれたところのある斗真は、放っておくと甘え損ねてしまうのだ。

せっかく想い合っているんだし、赤ちゃんが生まれるまでは甘い新婚生活を味わっておきたい。赤ちゃんがお腹から出てきたら、どうしても赤ちゃん優先になってしまうもの。


「斗真、ちょっといい？」

その日、私は夕食後にソファで夕刊を眺める斗真に声をかけた。手渡した手紙は斗真宛のもので、今日ポストに届いていた。

差出人の名前を見て、斗真が怪訝そうな顔をした。

「桜からか」

「うん」

那須野桜からの手紙だった。斗真は渋々といった様子で封を切る。

しばし手紙に視線を落としていた斗真は、畳むと私に手紙を差し出した。

「私も読んでいいの？」

「まどか宛の内容でもある」

そう言うので、おそるおそる開いてみた。まずは謝罪の文言が並んでいた。私に嫌がらせをしたこと、傷つけようとしたことへの謝罪だ。

『悔しかった』『私のほうが斗真くんを好きだと思った』『二藤から追い出して妻の座を奪いたかった』

ストレートで生々しい言葉が並ぶ。紛うことなく彼女の本心を記しているのが感じられた。

『斗真くんのことがずっと好きでした』

『特別な存在になれないと気づいていたけど認めたくない私は、選ばれなかった理由をまどかさんのせいにしたんだと思います』

彼女は恋と嫉妬に狂ってあんなことをした。

離れてみれば、冷静に考えられるようになったのかもしれない。

『もう直接謝れる機会はないと思うので、手紙で謝らせてください。斗真くん、まどかさん、本当にごめんなさい』

その後、手紙には、ヨーロッパで外務省勤務の男性と見合いをしたという話が記載されてあった。自分のしたことを話して、受け入れてくれる人だ、と。彼とやり直してみたい、と。すべて読み終えて、私はほっと手紙を閉じた。

「那須野さん、これで前に進めるかな」

「俺はいまだに、まどかを害そうとしたあいつを許せない気持ちがある」

斗真は抑えた声音で言う。

「しかし、俺にも非がある。父親同士の関係から、桜を無下に扱えずにいた。それがあいつの期待を煽ったなら俺の責任だ。まどかはひとりで対処できると見守っていたのも甘かった。結果、まどかと赤ん坊を危険にさらした」

私は首を横に振って、斗真の横に腰かけた。

「誰も予見できなかったことだよ。それに、那須野さんも苦しんだと思うから、これであいこにしよう」

いつまでも憎しみで心を曇らすのは悲しいことだ。それは経験者の私だから、余計に言える。

「彼女、新天地でやり直すんだよ。お見合いの男性と向き合えるといいね」

横からぎゅっと斗真が私を抱きしめた。

「まどかは優しいな」

「優しくないよ。意地悪されてた頃は『この女、いつかひどい目に遭わせてやる！』って思ってたもん。斗真の手前、波風立てるタイミングを計ってただけで」

「そういうところはさすがだ」

斗真が笑った。それから、愛おしそうに私のお腹を撫でる。少し膨らんだお腹の中では赤ちゃんが元気に成長している。まだ性別はわからないけれど、順調そのものだ。

「動くか？」

「まだよくわからないなあ。なんとなく、内側がごろごろするような感じはするけど。お腹こわしたみたいな」

「早く、俺が触ってわかるようになればいいのに」

そうだね。斗真にも私たちの赤ちゃんを実感してほしい。

愛おしい気持ちが溢れて、斗真の額にキスをすると、唇にお返しをされた。

「まどか、好きだ」

私だって大好き。くすぐったい気持ちで斗真の頬に触れた。

「斗真、意地悪だよね。私を妻にって望んでくれていたなら、最初から『きみのことが大好きだ。ずっと見つめていた。妻になってくれて嬉しい』くらい言ってくれれば、私も素直ないい奥さんになったのに」

素直ないい奥さんという言葉が引っかかったのか、斗真がぷっと吹き出す。

「そんなこと恥ずかしくて言えるか。それに、まどかに素直ないい奥さんは望んでいない。いつまでもライバルみたいな関係でいい」

「でもね、婚約発表の直前に無理やりキスしたり、初めてのときだって『おまえの覚悟はそんなものか』なんて煽ってさ。冷たくて意地悪で、好きになる余地なかったんだから」

「素直になれなかったのは俺もだな。自覚はある」

斗真は反省するように目を伏せ、頭をかく。

「だけど、俺の隠しきれなかった気持ちに気づいて寄り添ってくれた。まどかは、そういうところが優しいと……思う」

恥ずかしかったのか、途中から消え入りそうな声になる斗真。基本的にひねくれ者の彼は、両想いになったからって、急には変われない。自分がデレデレになっていることにはっと気づいて、気まずそうにしていることが多い。

私は斗真のそうした行動や感情の機微を、ひとつひとつ大事に思っているし、愛しいと思う。

恋しているのだと実感する。

思えば、身体だけは先に馴染んでいた。恋愛経験が豊富ではないから、斗真に強引に身体を開かれ、戸惑いや羞恥でいっぱいだったのに、気づけば腕の中で眠るのが当然になっていた。

「なんだ？　赤い顔して」

夜の事情を思い出していたら、頬が赤くなっていたみたい。さすがにつまびらかに言うのは恥ずかしかったので、省略して言う。

「ううん。もっと早く斗真への気持ちに気づけばよかったなって思ったの。いろいろ見えなくなってたから」

「まどかの立場なら、俺を憎く思っても仕方ない」

それから斗真はわずかに表情を曇らせ、言った。

「旧クタニ社員たちが俺を恨んでいても、仕方ないと思っている。……おまえの同僚たちはその後どうだ」

衣川くんたちのことだ。私は真面目な表情に戻る。

「離脱は思い留まってるみたい。私も宝田部長にこっそり相談してる。不満は訴えるけれど、以前画策していた古い取引先に頼るようなことはしてない様子よ」

斗真とは夫婦として会話していても、ふとしたことでお互いに社長と秘書の立場が思い出される。それはともに戦う相棒としての側面だ。

「クタニ時代と違って、ひとつの決済でも通すまでに時間がかかる。企画も営業本部で却下されることは多いだろう。自由度が下がっていることは、俺も理解しているつもりだ」

「今まで通りにはいかないと、みんな理解したうえで合併してる。彼らの感じる軋轢に、理不尽なことがあれば私は手を貸したい。でも、二藤の流儀を曲げてまで、彼らの仕事のしやすさを優先することはないよ」

もし、旧クタニの社員だからと差別されたり、嫌がらせなどされたりするのならば、私が動く。

だけど、そうでないなら、郷に入っては郷に従えだ。

「斗真は傘下になった企業や、吸収合併した会社に好待遇を与えてる。その中でもクタニは、破格の待遇よ。私の古巣だからって、これ以上は頑張ってくれなくていいわ。

社員すべてに平等であることは、斗真のためにも旧クタニの社員のためにも大事だと思う」

斗真がふっと笑った。

「まどかはいい経営者になれる」

「なれなかったわ、残念ながら」

「嫌味を言っているわけじゃない。視点が経営者のものだ。パートナーとして頼もしいと思っている」

それは、今の私にはこのうえない褒め言葉に感じられた。斗真に認められた。一番嬉しい。

「私が赤ちゃんを産んで、職場復帰するまで、圭さんとふたりで持ちこたえてよ？」

「厳しいな。圭さんだぞ」

「ゲンタさんみたいに放浪癖がないだけいいわ」

私たちは顔を見合わせ、ふふっと笑った。社長と秘書がまた夫婦に戻った瞬間だ。人生の相棒。斗真は私と赤ちゃんを守りたい。私も斗真と赤ちゃんを守りたい。

その日は、日刻グランドホテルでパーティーが開催されていた。

普段、二藤商事がパーティーを主催するときは、メーカーとの合同のレセプションパーティーであることが多い。今回は外資系メーカーで、会場の半数は海外からの客で埋まっていた。

普段、手配は手伝っても同行しない私が、今日は会場に来ている。

「まどか、すまなかったな」

斗真用に用意された控室のソファに腰かけ、私はひと息ついた。

「平気平気。問題ないわ」

海外からの賓客の中に、かなり有名な財界人がいた。その奥様のアテンドに呼ばれたのだ。つまり半分は秘書業、もう半分は社長夫人業だ。

といっても、パーティー前にホテルの日本庭園を案内し、パーティーでご主人が忙しく挨拶をして回られている間に、お話の相手をしたくらい。

「軽食を用意させているから、食べて、少し休んでから帰れ」

「ええ、ありがとう。斗真はもう会場に戻って」

本当のところ、斗真は私を引っ張り出す気はなかったのだろう。どんなに安定期だから大丈夫といっても、斗真は私を過保護に守っておきたいみたい。

それは親鳥が羽で子どもを守るような、温かく強い愛情だ。気持ちは嬉しいから、私も従えるところは従っているつもり。あまり仕事から遠ざけられると、困ってしまうけれど。

サンドイッチとオレンジジュースという子どものようなメニューをたいらげ、どれどれお先に引き上げようかな、と思ったときだ。

「失礼します。まどかさん、いらっしゃいますか」

控室の外で呼ぶ声がする。顔を出してみると、貝原課長がいた。今日はパーティーの仕切りで総務の何人かが会場入りしている。何かあったのだろうか。

「貝原さん、どうかされましたか?」

「社長はこちらにお戻りではないですよね」

「三十分ほど前に、私をここまで送ってきてくれましたけど、すぐ会場に戻りました」

貝原課長は変な顔をする。

「おかしいですね。随分前から会場にいないんです。お手洗いなども捜したのですが」

「喫煙ルームは? 社長は吸いませんが、お客様に合わせて入室しているかも」

「今見てきたんですが、いないんです」

そんなに長時間いないというのは、確かにおかしい。主催側とはいえ、斗真もパーティーの主役のひとりなのだ。

斗真のスマホにかけてみるものの、ポケットの中なのだろうか。出ない。お客様と話していれば出ないだろう。

「私も捜します」

立ち上がり、貝原課長と一緒に控室を出た。

「まどかさん、どうされたんですか？」

廊下で宝田部長と会った。今日は営業本部の人間として参加していると聞いていた。新参の部長なので、こうした機会では顔見せや新規の縁を作るために呼ばれるのだ。

「社長の姿が見えないんです。宝田さん、見かけましたか？」

「いえ、私は――」

「そこのホテルマンに聞いてみましょう」

給仕や客の案内に忙しいホテルマンのひとりを捕まえる。

「二藤商事の社長でしたら、先ほどお電話が入りまして、お呼びいたしました」

ホテルマンの中でも年嵩(としかさ)でまとめ役とおぼしき男性が、若手のホテルマンから引き継いで答えた。

「急なご用事のようで、エレベーターで下へ行かれましたが」

「……外部からの呼び出し？　二藤の人間なら総務を通すはずです」

貝原課長が険しい顔になる。私たちの親族なら本人のスマホか、私に連絡が来るだろう。それに会場には圭さんもいる。

私は会場にそっと入り、ご婦人方と談笑している圭さんを捕まえた。

事の次第を話すと、圭さんは答える。

「俺のスマホにもなんの連絡もないし、斗真からも何も言われていない」

圭さんの表情も曇った。

「少しおかしいな。斗真が、誰にも言わずにいなくなるなんて」

私、圭さん、貝原課長、宝田部長の四人は、バンケットルームを出た廊下で顔を突き合わせた。

「誰かが斗真を呼び出し、斗真はひとりで向かったようだ。すぐに捜そう」

圭さんが言い、私は頷く。宝田部長が青い顔で言う。

「こんなことは言いたくありませんが、社長に対し、私の部下数人があまりいい感情を持っていないということが……」

衣川くんたちのことだ。最近、目立った動きはしていないけれど、宝田部長はずっと気にしていたのだろう。

「斗真は立場的にもあちこちから恨みを買ってるから、断定はできないね。そもそも、斗真に危害を加えようとか、脅そうと思って呼び出したと考えるのは早計だよ」

そう言ってから、圭さんは私のほうを見て続ける。

「すぐに見つけるから、まどかちゃんはいい子で待っていなさい」

「いえ、私も」

「きみは斗真に電話をし続けて」

圭さんらが下の階に向かう。ひとり廊下に取り残された私は困惑しながら控室に戻り、電話をかける。しかし、やはり斗真は出てくれない。

たとえば、海外の友人がホテルに宿泊していて斗真を呼び出したとか。そんな理由ならいい。だけど、宝田部長の言葉は私も考えていたことだ。

衣川くんたちは斗真に対して、いい感情を持っていない。それが、ただの反発心で終わらずに、怒りに歪んでいったとしたらどうだろう。人の心はすべて推し量れるものじゃない。もしかして……。

いてもいられず立ち上がった。嫌な想像を現実にしないために、私は斗真を捜さなければならない。

階段で一階に下りた。ホテルのロビーは多くの人がいるけれど、斗真の目立つ背格好は見当たらない。

ロビーラウンジも覗く。斗真らしき人はいない。きっと、このあたりは圭さんたちが捜しているはず。

日刻ホテルのバンケットルームは三階。下に行った様子なら、目的地はこのロビーと階段で行き来できる二階のフレンチレストランのはず。パーティー中にフレンチレストランには入らないいんじゃないかしら。

もしくは外へ出ていったか。ドアボーイに聞いてわかるだろうか。

もし、待ち合わせた相手と、内密な話だからと上階に部屋を取って入ってしまえば、簡単には見つからない。フロントで聞いても、この状況で教えてもらえるわけがない。

緊急事態で危険だなんて、まだ疑いの段階なのだから。

ふと、地下駐車場のことを思い出した。

下見に来たとき、貝原課長と地下駐車場に車を停めた。今日はタクシーで来たから忘れていたけれど、駐車場という可能性もある。

エレベーターを使うのももどかしく、階段で駐車場へ下りた。駐車場は広く、多くの車が停められている。照明が暗いので、最奥のほうはよく見えない。私は小走りで捜し始めた。

斗真、どこにいるの？

大きな柱の向こうに、ホテルの送迎バスが数台ある。そこに人影を見つけた。

最初、目に映ったのは斗真の姿。私は安堵して駆け寄ろうとした。

しかし、すぐに足をぴたっと止めた。斗真の数メートル先に男がいた。手には光っているものが見える。

ナイフだ。

斗真は足音で誰かの接近を感じ取っていたのだろう。助かったと思ったかもしれない。しかし、柱の陰から現れたのが私だと知り、表情を凍りつかせた。

「まどか！　来るな！」

その言葉を聞くより先に、私は斗真に向かって再び走りだした。

男がナイフを握り直したのが見えたからだ。頭の中は斗真のことでいっぱいだった。

「まどか！」

男と斗真の間に割り込んだのも束の間、斗真の腕が私を抱える。

「斗真！」

咄嗟の行動だった。斗真は私に覆いかぶさるように抱きしめ、暴漢に背を向けたのだ。その身体越しに衝撃が伝わってくる。

男のナイフが斗真の脇腹を切り裂いた。

「斗真！」

私の悲鳴のような叫びにも、男の攻撃にもひるむことなく、斗真は身を翻し、男の腹を蹴り飛ばし、私を背に庇うように男と対峙した。

「奥様もお見えとは。会いに行く手間が省けましたよ」

男は中年だった。くたびれたスーツ姿で、顎は無精ひげに覆われている。私は見たことがない男だ。ニヤニヤ笑っているけれど、瞳は狂気を帯びている。

「元、第一営業部四課の課長だった蛭埜といいます。奥様には初めてお会いしますね」

ドキリとした。私がスパイの嫌疑をかけられたとき、真犯人だった男だ。二藤商事は依願退職している。弓越物産もスパイ本人を受け入れることはしなかったはず。

「社長とお話ししたいと何度もお願いしていたんですけれど、聞いていただけなくてね。それなら妊娠中の奥様とお話しすると言ったら、すぐにこんなところまで来てくれましたよ」

「私を餌に……斗真を……?」

「まどか、いい。こいつと喋る必要はない」

毅然と斗真は言うけれど、語尾が苦しそうにかすれる。見ればスーツの右脇が裂けている。

即座に斗真の右腹を後ろから手のひらで押さえた。じわりと液体の感触がし、それが血であることに泣きそうになった。

「斗真、血が……! 怪我してる!」

一瞬、斗真は私を見て、なだめるように微笑んだ。それから蛭埜に対峙する。

「蛭埜、おまえが二藤を見限って弓越に寝返ろうとしていたのはいい。それはおまえの自由だ。しかし、二藤の利益を害した分の責任は取ってもらった。それだけの話だ」

そうだ。斗真は懲戒免職にもできる証拠を持っていながら、依願退職扱いにし、退職金までこの男に払っている。弓越にいいように使われていたのはこの男で、斗真を恨むのは筋違いだ。

「若造が偉そうに」

吐き捨てるように蛭埜が言う。

「おまえが社長に就任してから、営業部は重労働の連続だ。現場のことを何も知らないくせに、利益を出すことに躍起になりやがって。俺だけじゃないぞ、名瀬斗真に怒りを感じているのは」

「主語をすり替えるな。蛭埜、おまえがひとりで怒りを感じ、ひとりで弓越に寝返って自爆したんだろう」

斗真は余裕の微笑みを見せる。

「俺に言いたいことがあるなら、自分の言葉で言ってみろ」

怪我を負っているのに、斗真は一切引く気はないようだ。ぎりっと蛭埜が奥歯を噛みしめた。

「あの日、あんたは俺を呼び出した。第一営業部の同僚たちの前で」

斗真がスパイを調査していたときの話だろう。蛭埜は憎々しげに言った。

「その日中に俺は依願退職だ。言わなくても、俺が情報漏洩の犯人だって同僚たちにバレたよ。そうしたら同僚のひとりが、うちの女房に俺のしたことを告げ口したんだ」

ナイフを持つ蛭埜の手が怒りで小刻みに震える。言葉を発する唇も震えていた。

「嫁が出ていったのはあんたのせいだ。弓越物産への転職の話もなくなった。おまえが手回しをしたんだろう！」

怒り狂う蛭埜の主張を、信じられない気持ちで聞いた。この男は、何を言っているのだろう。ひどい逆恨みだ。

この男は失職と離婚が自分の責任だと思わないのだ。どうしても斗真の責任にしたいのだ。そして今、失うものは何もない状態で斗真にナイフを向けている。

「そうだ、社長」

蛭埜が狂気じみた声で言う。

「後ろの奥様と腹の子がいなくなるのは、自分自身が死ぬより怖いだろう」

私はぎくりとした。斗真にも緊張が奔るのがわかる。

この男は本気だ。本気で私を害そうとしている。

「俺が許すと思うか？」

怪我をしているとは思えないほど凛々しい表情で、斗真は言った。

「おまえのような下衆、まどかには指一本触れさせない」

次の瞬間、斗真は蛭埜に向かって飛びかかった。

止める間もなかった。脇腹の血は止まっていない。斗真が死んでしまう！

「斗真！」

叫んだ私の視界には、蛭埜の背後から飛び出してくる男性の影がふたつ見えた。圭さんと宝田部長だ。斗真はふたりが背後に回ってくれているのを確認し、タイミングを合わせたのだろう。

圭さんが蛭埜の右腕を掴み、斗真と宝田部長が体重をかけてコンクリートの床に押し倒した。勢いでナイフが床を滑っていく。

「こっちです！　早く！」

駐車場の出入口方向から、貝原課長が数人のガードマンとともに走ってくる。ガードマンたちが蛭埜の身体を取り押さえる。

「ナイフは一本じゃないかもしれない！」

指示をしながら蛭埜から引く斗真の身体を、私が後ろから抱き留め、後方に下がらせた。

「お願いします！　救急車を呼んで！」

コンクリートには水玉の血痕。斗真の脇腹からはおびただしい出血。私は斗真を横たえ、必死に脇腹を押さえた。

「斗真、斗真。大丈夫よ、救急車が来るから。血もすぐに止まるわ」

斗真は私を見上げ、ニコッと微笑むものの、意識を保っているのがやっとという様子だ。

「死ね！　名瀬斗真！」

ガードマンに押さえつけられた格好で蛭埜が叫んだ。

「多くの人間を不幸にする守銭奴め！　死ね！」

「うるさい!!」

私は怒鳴った。一瞬、地下駐車場が静寂に包まれるほどの声だった。

「あなたに名瀬斗真の何がわかる。私腹を肥やすために社長をやっているんじゃない。自分以外のたくさんの人を幸せにするために、二藤商事の社長をやっている。傲慢にも冷徹にも見えるけれど、社員すべてを幸せにするために責任を全うしようとしている。斗真は血の通った誰より温かい人よ」

熱い涙を流しながら、蛭埜を睨んだ。そして言った。

「何も知らない人間が、名瀬斗真を語るな！　私の夫を侮辱するんじゃないわよ！」

斗真がこれまで成してきたこと、これから成すことを邪魔させない。強引な手法に誤解が生じることもあるだろう。逆恨みする人間もいるだろう。私だって、最初は彼を憎んでいた。

だけど、斗真は二藤を大きくすることで、二藤の社員を幸福にしたいと願っている。

強くたくましい若きリーダーだ。

「まどか」

斗真の唇が薄く開く。か細い声が聞こえた。

「怒鳴るな。腹の子が驚くぞ」

そこで斗真の意識はなくなった。

斗真は救急車で搬送され、蛭埜は駆けつけた警察官に引き渡された。実況見分などは圭さんが引き受けてくれ、私は斗真とともに救急車で病院へ。

緊急手術が行われている間、ご両親が到着した。うちの両親も駆けつけた。二藤の重役や貝原課長たちも顔を出したけれど、身内だけ残ることにして、帰ってもらった。

事情聴取を終えた圭さんが合流し、アジアを歴訪中のゲンタさんに連絡をしたことを教えてくれた。大企業の社長が襲われたのだ。すでに病院前にはマスコミが詰めかけているらしい。斗真の容体がわかり次第、圭さん主導で回答を出すことになった。

お腹の子に障るから休むようにとみんなに言われたけれど、休める心境じゃなかった。斗真は無事だろうか。出血が多かった。

暴漢の前に咄嗟に割り込んでしまった私を、斗真は守って傷ついた。斗真が私のことも赤ちゃんのことも守ってくれたのだ。

私が飛び出さなければ、斗真は攻撃をかわせたかもしれない。いや、腹を刺されてしまっていたかもしれない。たらればの結果論だ。

だけど、私のせいで、と思うとつらい。病室でみんなと待っているのすらいたたまれず、私は月明かりの差し込む廊下に出た。階段の踊り場で必死に涙を拭う。

怖い。このまま斗真を失うようなことになったら、私はどうしたらいいのだろう。斗真を失えない。斗真がいない人生なんか考えられない。

すると、お腹の中でぴくりぴくりと動く感触がある。一度止まり、しばらくするとまたぴくんと動いた。

「あ、これ……」

胎動だ。今までは内側でこぽっと泡が弾けるような感覚があるだけで、振動みたいなものはなかった。ようやくはっきりとわかった。

赤ちゃんは元気だ。赤ちゃんは私の中で生きている。

「ママのこと、元気づけてくれるの？」

私はお腹に話しかけた。

「ママが泣いてちゃ駄目だよね」

お腹の中で、トッと軽い振動がした。返事みたいなタイミングだった。

新たに溢れてきた涙を拭い、私は何度もお腹を撫でた。

強くならなければ。泣いていちゃいけない。


夜半、斗真の手術は終わった。

医師の話では臓器の損傷はなく、現時点では、予断を許さないといった深刻な状況ではないとのことだった。出血がひどかったので輸血が行われたそうだ。

麻酔が切れた直後、私だけが数言交わしたものの、斗真本人はまだ朦朧としていた。

その後、朝まで集中治療室で様子を見て、意識がしっかりしたのでＶＩＰ用の個室に移った。ドラマのように豪華な病室には少々面食らったけれど。

「ご心配をおかけしました」

覚醒した斗真の口から言葉を聞け、全員がようやく、ほおっと息をついた。

「おまえね、元社員だからって呼び出しにひとりで応じるなよ」

「すみません」

圭さんのお小言に、斗真は素直に謝った。ご両親が声をかけ、お義母さんの涙にまた「すみません」を繰り返している。私を盾に取られてひとりで行ったと言う気はないようだ。

　斗真は身動きできないし、表情もだるそうで、今にも眠ってしまいそうだ。それでも受け答えはしっかりしていた。

「まどか、怪我はないか？」

　一歩後ろにいた私は、首を左右に振って答えた。

「……ないわ」

　安堵で泣いてしまいそう。うつむいていると、気を利かせてくれたのか、圭さんが言う。

「ほら、じゃあ斗真も無事ってわかったし、みんな一度戻りましょう。まどかちゃん、斗真のことよろしくね。横にゲストベッド用意してもらうから、落ち着いたらそっちで眠るんだよ？」

　全員がどやどや病室から出ていく。おそらく表はマスコミが張っているので、裏口に車を回してもらうのだろう。

　広々とした病室には、斗真と私のふたりきりになった。

「まどか、来い」

　私は歩み寄る。覗き込むと斗真が言う。

「キスしろ」

「命令口調？」

「抱き寄せたいが、手に力が入らないんだ」

ちょっと笑って、私は斗真の唇に自らの唇を重ねた。

軽いキスを終えると、涙が溢れてきた。

「斗真、ごめんなさい。私を守ってこんなことに」

「恨まれていたのは俺だ。おまえは巻き込まれただけだろう」

「だけど、私が飛び出したから」

「逆の立場なら、俺も同じことをしていた。しかし、今はひとりの身体じゃない。あんな無茶はよせ」

斗真の首に腕を回した。涙が斗真の白い入院服の襟に吸い込まれていく。

「ごめん、ごめんね。咄嗟に斗真のことしか考えられなくなって、赤ちゃんを危険にさらしてしまった。ママ失格だ」

「無事に産んでから直接赤ん坊に謝れよ」

斗真は少し笑ってそう言ってから、私の頭を力の入りづらい手で撫でた。

「まどかも子どもも失えない。失えば生きていけない」

「私もそう。この子も斗真も失えない」

「そうだな。もう二度とこんな怖い目に遭わせない。約束する」

私は斗真の首筋に顔をうずめ、ようやく声を上げて泣いた。本当に怖かった。失えない存在ができてしまったと、強く感じた。


その日の午後、ゲンタさんが圭さんとともに病室に現れた。

「おまえ、すごいニュースになってるぞ」

ゲンタさんはお土産なのか、お菓子をがさがさとテーブルに並べる。

「おかげ様で明日には事情聴取ですよ」

斗真はうるさそうに答える。昨日の今日なので身動きはできないけれど、口調はだいぶしっかりしてきた。

二藤商事の社長が元社員に襲われたという事件は、今日の朝刊に大々的に載っていた。夕刊には、命に別状がなく快復傾向であるという情報が載ったので、いずれ病院前の取材攻勢も終わるだろう。

「しばらくはブンヤがうるせえぞ。二藤商事の体質に問題ありか、ってな」

確かに、辞めさせられた社員が恨みに思っての犯行という報道から、二藤が貶められるようなこともあるかもしれない。

私が不安そうな顔をしてしまった横で、圭さんがあははと笑った。

「そんなこと言って、親父、新聞社にも雑誌社にも手を回しまくってるからね。あることないこと報道されるようなことはないと思うよ」

「圭、余計なこと言うな」

どうやらゲンタさんは、脅しておきながら、裏ではマスコミに手回しをしているみたい。

元・二藤のトップだものね。影響力は現職の斗真よりあるかもしれない。

「恩を売りに来たんですか?」

ふん、と鼻で笑って斗真が言うと、ゲンタさんはべえっと舌を出してみせる。小学生の喧嘩みたいだ。

「死に損なった孫をからかいに来たんだよ~」

「圭さん、病院が好きじゃないじいさんです。すぐに連れ帰ってください」

「まあ、俺もそうしたいけど、せっかく帰国してきたんだから話くらいしてやんなよ」

圭さんが笑う。ゲンタさんは威張って言った。

「俺が言いたいことはひとつだけだよ。まどかちゃんを未亡人にしたら、すぐに俺が嫁にもらっちゃうぞってな」

挑発的に斗真に顔を近づけて言う。斗真は顔をしかめて答えた。

「絶対じいさんには渡さない。俺の女房だ」

「じゃあ、危ない橋を渡るんじゃないよ」

にいっとゲンタさんは笑った。それから私のほうを見て、ちゅっと投げキスをするのだから、本当に困った人。

「ゲンタさん、来てくれてありがとうございます」

「おう、またなあ」

ゲンタさんは圭さんと楽しそうに病院を後にした。


斗真は二週間入院し、無事退院できることとなった。後半の一週間はベッドの上で仕事をしていて、何度も看護師に怒られていたけれど。

斗真の退院の日、私はお産を取ってもらう実家近くの病院で妊婦健診を受けてから、斗真の病院へお迎えに行った。

まだ傷が完全じゃないので、在宅勤務をもう二週間は続ける予定の斗真は、私が病室に入ったときも、電話であれこれ指示を出している。

「ほら、後の事務処理は私と圭さんに任せて」

電話を終えた斗真の手からスマホを奪い取ると、斗真が『あ』という顔をする。子どものようにむくれるのだから困ったものだ。

「俺が直接確認したいこともある」

「それは治ってからです」

そう言って、スマホの代わりに私は超音波写真を斗真の手に載せた。

４Ｄの超音波写真だ。セピア色の綿菓子みたいなむくむくが見える。

「これ……赤ん坊か？」

「そうよ。ちょっと笑ってるように見えない？」

写真のむくむくの塊には目鼻の凹凸があり、斗真にもそれはわかるようだ。感動した顔をしている。

「もう一枚ね」

二枚目の写真はアングルを変えたものだ。

斗真は一瞬首を傾げ、それから声を上げた。

「お、男の子か？」

「当たり～！　素人目にもわかりやすいよね」

写真には、男の子のお股がむくむく画像でもはっきり見て取れる。斗真は仕事のことを完全に忘れたようで、二枚の写真を交互に眺めて、ため息をついている。

「二藤の跡取りだね」

私が言うと、斗真がはっと顔を上げた。少し迷ったように言い淀み、それから口を開いた。

「あのな、俺はひとりっ子だから選べなかった」

「うん」

「だけど、この子には将来を選ばせたい」

「それって……」

この子を後継者にしなくていいっていうこと？

さすがに驚いた。何しろ、斗真は最初から跡取りを望んでいたんだもの。

それは私を繋ぎ止めるための方便だったかもしれない。だけど、一族経営の二藤だ。跡取りを望むのは当たり前のことのはず。

「この子に限らず、生まれてくる子はすべて、平等に未来を選ばせたい。その結果、一族経営でなくなってもいいと思っている」

「驚いた。どんな心境の変化?」

私は微笑んで斗真の顔を覗き込む。斗真は照れたように視線を逸らして答える。

「自分でも不思議だと思う。だけどまどかを幸せにしたいと考えたとき、この子も幸せにしなければならないと思った。そうしたら、この子に白紙の未来を用意してやりたくなった。まどかの未来は俺がもらってしまった。だから子どもの未来は……」

言葉に詰まり、苦笑いする。

「こんな言い方はまどかに悪いな」

「ううん、悪くないよ」

私は斗真に歩み寄り、彼の顔を見上げた。

「私は斗真と歩む未来を自分で選び取ったの。斗真と二藤を大きくしていくことが、今の夢よ。クタニの社長になる夢の次にできた大事な夢」

身体の奥底から温かな感情が溢れてくる。

喜びと感謝、そして愛おしさ。

「この子も、いつか生まれてくるだろうこの子の弟や妹も、自由よ。きっといつか、私みたいに夢を見つけられる」

斗真の身体に腕を回して、そっと抱きしめた。傷に障らないように、優しくだ。

「斗真、大好きよ。惚れ直しちゃった」

「まどかは最後まで俺と歩いてくれるのか」

「ええ。あなたの妻だもの」

斗真は私と赤ちゃんを丸ごと包んで、抱きしめてくれた。

エピローグ

外ではセミが鳴いている。アブラゼミ、ミンミンゼミ、ツクツクボウシ。

病室の窓から見えるクヌギやコケモモの木にいるのだろうか。葉の陰で威勢よく鳴くセミの声も、きっとあと半月もすれば聞こえなくなってしまうのだろう。

明日から九月という今日、私はリクライニングベッドにゆったりともたれ、窓の外を見ていた。

私の横にはベビーコットが置かれ、その中では昨晩この世界に出てきたばかりの命が、すこやかに眠っている。

私と斗真の息子だ。

夏の終わりの日、私は最愛の息子を出産した。

斗真が襲われた事件から三ヵ月。事件で二藤商事はしばらく注目され、株価の低迷など、お世辞にも順風満帆ではなかった。

それでも社員一丸となり、今が踏ん張りどころと頑張っている。

そんな中、産休で戦線を離脱することが心苦しかった。しかし斗真はもちろん、多くの社員が、私の出産を希望ととらえてくれていることが励みにもなった。

第八営業部にいる旧クタニの社員たちは、特に喜んでくれている。その中には、二藤からの造反計画を立てていた衣川くんらもいた。

私と斗真は、彼らのように不満を抱えた社員を圧倒的に納得させるような舵取りをしていかなければならない。それはこの先の大いなる課題だと思っている。

とはいえ、私はしばらく、生まれてきた尊い宝物を優先する時期に入るのだけど。

病室の引き戸が開く。斗真が片手を上げて入ってきた。

「仕事、抜け出してきたの？」

「馬鹿。昼休みだ」

昨晩のお産も立ち合ってくれた斗真は、疲れているだろうに、仕事の合間を縫って会いに来てくれたのだ。

「よく眠ってる」

息子の顔を覗き込んで、ため息のように言った。

「さっきまで泣いてたのよ。私もこの子も初心者だから、授乳に手こずっちゃって」

「いつも余裕ぶってるまどかが悪戦苦闘するとは。見てみたいな」

「意地悪。斗真も初心者だから、手こずること請け合いよ。オムツとか沐浴とか、頑張ってもらいますからね」

ふん、と斗真が鼻で笑う。

「俺は余裕だが？」

「やってから言いなさい」

私たちは睨み合ってから、ぶっと吹き出して笑った。

一年前、斗真と結婚が決まったあの頃は、こんなふうに我が子を挟んで笑い合う未来が来るなんて、想像もつかなかった。

ベッドに腰かけ、斗真は私に向かって腕を伸ばした。頬に触れる温かな手のひら。

嬉しくて目を細めた私は、斗真が好きで好きでしょうがないという顔をしているのだと思う。すっぴんだし、髪の毛もぼさぼさだけど、きっと恋する女の顔をしている。

「不思議。もっとママモードになるのかと思ってた。出産を終えたら」

斗真の手の甲に自分の手を重ねる。離れないで、というように。

「ママの部分はしっかりあるの。この子を、守らなきゃって。でも、それと同じくらい斗真が愛しいの。斗真を愛してるって強く思うの」

ぶわっと頬を赤らめて、斗真が顔をそむける。

「なんだ、いきなり可愛いことを言うな」

「本当なんだもん」

私は斗真の顔を見つめた。こっちを向いてほしくて、空いた右手でくいっと顎を持ち上げる。そのまま強引にキスをした。

「悪いが、俺のほうが何十倍もおまえを好きだぞ」

真っ赤な顔のまま偉そうに言う斗真に、胸を張って答えた。

「負けないわ」

この子と、いつか生まれてくるかもしれない子どもたち。彼らの未来は白紙だけれど、その存在は希望そのものだ。

希望に照らされ、私は斗真と生きていく。公私ともに最高の相棒として。それが名瀬まどかの生涯をかけた夢だ。

これはマイナスから始まった恋物語。物語はまだ序盤なのだ。

これからどんなことが起こるだろう。乗り越えていこう。斗真とふたり、どんなことも何度でも。

番外編　俺の焦がれた人

初めて久谷まどかを見たとき、綺麗な女だと思った。

肩より少し長い髪、整った顔立ち。背はさほど高くないがスタイルがいい。だけど、何よりその表情が気に入った。凛々しく、強い意志を感じる表情だった。

次に会ったのは祖父の病院だった。転んだ祖父を助けてくれたのが、久谷社長の娘である彼女だと知り、驚いた。聞けば、奔放な祖父の世話を焼いてくれるらしい。

クタニで見た彼女は凛としてはいたが、面倒見のいい世話焼き気質な女性には見えなかった。祖父の向かいの病室で、彼女と彼女の祖母が笑い合っている。無邪気で気さくな笑顔は、目が離せなくなるほど魅力的だった。

病院で見かけるたびに、目で彼女を追った。クタニで会えば、照れくさくて話しかけることもできなかった。一度だけ目が合って、ひどく狼狽したことを覚えている。

誰かを好きになった経験が、俺にはなかったのかもしれない。女と付き合っても、こんな浮足立つような感覚は知らなかった。初恋であると言われればそうなのだろう。

愛しいまどか。彼女は紆余曲折を経て、今、俺の隣にいる。

俺の最愛の妻として。

隣に座るまどかに手を伸ばす。触れたければすぐに触れられる距離に、愛おしい女性がいるのは幸せなことだ。

「まどか……」

その髪に指先が触れる瞬間だ。

「うびゃあああああああ！」

けたたましい叫び声が、我が家のリビングに響き渡った。まどかがぱっと立ち上がり、ドアを開け放した寝室へ飛び込んでいく。間もなく、びゃあびゃあ泣き叫ぶ生後三ヵ月の我が子を抱き、戻ってきた。

「ゆうくん、たくさん眠ったねえ」

まどかはニコニコ微笑み、息子・悠真を俺の腕の中にどさりと抱かせた。

「ミルク作ってくる。斗真、ゆうくんをよろしくね」

「……ああ」

びゃあびゃあ泣き叫び、力強く手足を振り回す息子を抱いて、俺はキッチンのまどかを見つめた。ここ二、三日、母乳の出が悪いから、ミルクを足すと言っていた。まどかは手慣れた様子で調乳をしている。

「は～い、できたよ。ゆうく～ん」

明るく言って、俺の腕から悠真を受け取った。そのままソファに座って授乳を開始する。

哺乳瓶をあてがわれた瞬間、息子はぴたりと泣きやみ、無心で吸いつきだした。

「斗真、ありがとうね」

まどかが俺を見ずに礼を言う。息子を注視していてほしいので、俺を見ないことはいい。だけど……。

「まどか」

「なあに？」

「いや、なんでもない」

結局、俺は言いそびれてしまう。

「……そこのコンビニまで買い物に出てくる。何かいるか？」

「あ、それじゃあ牛乳を買ってきてほしいな」

「わかった」

ぐびぐびミルクを飲む息子と、幸せそうに見守る妻。世界中の幸福を煮つめたら、きっとこんな光景になるに違いない。第一子の誕生は、夫婦にとって思い出深い時間になるのだろう。だから、俺はこの感情を抑えなければならない。

まどかとふたりの時間が減って寂しいなどと、絶対に口にはできないのだ。

そもそも俺はまどかに恋をした当初から、何年も動けずにいた。当時、利権を巡って二藤とクタニは平行線の関係。そこに俺の好意を交ぜ込めば、向こうは真意など確かめもせずに拒絶しただろう。

かといって、まどかが他の男と結婚するのは絶対に許せない。俺は少年のように久谷まどかに恋をし、大人のずるさを持って彼女を我が物にしようと考えた。

結論としては、クタニの経営危機を合併で救うことにより、まどかに結婚を断れない状況を作ったのだった。

無理やり嫁入りさせられたまどかは、激しく俺を恨んでいた。俺も俺で素直なほうではないので、当初の関係は非常に険悪なものだった。

ともに暮らし、ともに仕事をする日々の中、少しずつ俺たちの距離は縮まっていった。まどかの生来の優しい気質のおかげだろう。二藤を守ることで旧クタニの社員を守ると言った彼女を尊敬したし、俺をトップとして盛り立ててくれる姿勢に感心した。

好きな女と肌を合わせるのは、無上の幸せだった。最初こそがっついてしまったので、反省を込め、二度目以降は徹底的に奉仕した。

まどかは嫌いな男に抱かれているのだ。これで下手くそだったら、さすがに申し訳ない。

疲れ果てたまどかを抱きしめて眠るのは夫の特権で、この瞬間だけは、まどかが完全に俺のものだと感じられた。

やがて悠真がお腹に宿り、子どもの存在が、より深く俺たちを結びつけてくれた。すれ違い、喧嘩もした。危ない目にも遭わせてしまった。それでも生涯ともにいると誓ってくれたまどかに、このうえない愛情を感じた。まどかからの愛の言葉を聞いたときは、このまま心臓が止まっても悔いがないと思ったほどだ。

俺はまどかに惚れ抜いている。まどかが隣にいてくれれば、それだけで幸せだ。愛し愛される関係になり、第一子も生まれ、今が幸福の絶頂……のはずなのだ。

しかし、出産から三ヵ月。まどかは毎日育児にかかりきりだ。俺もできることはしているとはいえ、どうしても業務上、帰宅が遅くなる日も多い。そうなると、まどかがひとりで息子の面倒を見る日は増えてしまうのだ。

仕事に対して意欲的で能力の高いまどかも、生まれたばかりの赤ん坊の世話には多大な労力を吸い取られるらしい。いや、意欲的であるからこそ、真面目に事に当たるのだろう。俺が帰ってくる頃には、ぐったりと疲れ果てている。

そして、息子はとにかく手がかかる。傍から見れば平均的な子どもかもしれないが、俺とまどかには初めての赤ん坊。加減がわからず、ついついすべてに全力になっているのだ。それは疲れもするだろう。

そんなまどかに夫婦の営みを迫れるだろうか。できるはずがない。むしろ、ちょっとしたスキンシップすら、ためらってしまう俺がいる。

生後一ヵ月くらいのときに、下心ありで少々ベタベタしたら、『斗真、ちょっと離れて』とすげなく押し返されてしまったことがある。俺はすごすごとまどかから離れ、息子をあやす彼女を切なく見つめたのだった。

情けないものだ。まどかを手に入れたときは強引に抱いた俺が、まどかに少しばかり拒否されて、へこんでしまうとは。結局この三ヵ月、夫婦として愛を交わしたのは一度きりだ。

正直に言おう。寂しい。まどかに触れられない。

まどかに素直に言えばいいのかもしれない。もう少し俺のほうも見てくれないか、と。しかし、邪魔するプライド。そして、そもそも息子に全力投球でくたびれているまどかに無理をさせたくない。

これらの煩悶の結果、俺はまどかにとってほどよい距離にいる、育児アシスタントに落ち着いている。

何、きっと息子が小さい今だけのこと。調べたところによると、産後クライシスというものは、夫の育児への無理解も原因らしい。母になった妻は、本能的に赤ん坊を守ろうとする。夫が二の次になっても仕方ないのだ。

さらに、赤ん坊と接することでスキンシップへの欲求も満たされ、夫に触れられることを嫌悪する妻もいるとか……。

俺にできることは、まどかに無理強いしないこと。

男なら我慢しろ、名瀬斗真！


「ただいま」

帰宅すると、リビングに敷かれた長座布団の上で、悠真が手足をぶんぶん振っている。あーうーえーうー、とお喋りする声も聞こえる。

「おかえり、斗真。ごはん、もうちょっと待ってね」

まどかはキッチンで調理中だ。美味しそうな香りが漂ってくる。

「夕食は無理して作らなくていいと言っているぞ」

「ゆうくんが泣きやんでくれないときは、お惣菜買いに行ったり、斗真にお弁当頼んでるじゃない。今日はゆうくん、ご機嫌だし、ハヤシライスだから簡単だよ〜」

まどかは笑顔だ。しかし、その笑顔が疲れているのもよくわかる。

悠真はまだ二、三時間おきにミルクや母乳を飲む。まどかもそのペースで動かなければならない。睡眠時間は細切れになり、ひと晩丸々は休養などできないのだ。

「あっあー、あうー」

悠真が俺に反応したのか、寝転がっているのに飽きたのか、大声を上げ始める。様子を見ようとキッチンカウンターから伸び上がるまどかを制して、俺は言った。

「手洗いして着替えたら、悠真は俺が見るから」

「ありがとう！　助かる」

まだ首の据わらない悠真を抱くのは緊張する。抱き上げると、ずっしりと重たいオムツの感触がした。俺とてオムツ替えくらいはできるので、長座布団に息子を寝かせ直し、オムツやお尻拭きの入ったボックスを手にした。

オムツをはぎ取り、股を洗浄し、新しいオムツを敷く。我ながらいい手際だ。

気づくと横にまどかがやってきていた。俺に寄り添うようにしている。

どうした、まどか。俺のできる夫ぶりに感心しているのか？

「あのね、テープ、もうちょっときつめに留めてほしいな」

まどかは笑顔で言って、俺の留めたオムツのテープを留め直した。

高鳴った鼓動と期待が、しおしおとしぼんでいくのを感じた。近づいてきたのは、駄目出しのためだったのか。

俺は落胆を隠して、低く「わかった」と答えるのだった。


その晩もまどかは悠真を寝かしつけながら眠り、夜間は授乳に何度も起きていた。俺も付き合って起きるが、眠ってしまっていて気づかないこともあるようだ。

「ゆうべもかなり泣いていたな。疲れていないか？　大丈夫か？」

翌朝こんなふうに声をかけたら、さらりと言われてしまった。

「斗真、もしかして悠真の泣き声うるさい？　昼間も忙しいんだから、眠れないと困るよね。寝室分けようか？」

とんでもない提案だ。同棲当初から一緒に眠るのだけは譲らずにきた。それなのに、寝室を分けるだと？

「絶対に嫌だ」

俺が大人げなく、不機嫌な顔をしていたのだろう。まどかはくすっと笑い、悠真をあやしつつ、目を細めて俺を見た。

「斗真ってば、子どもみたい」

ぐぬぬ、と唇を噛みしめてしまう。

ああ、俺は子どもだ。息子に妻を奪われたような気がしているし、どうにかまどかと親密な空気になりたくて毎日必死だ。さらに報われなくて、しょぼくれてもいる。

まどかが頑張っているのに、俺は自分の欲求だけじゃないか……。

悠真が生後四ヵ月を迎える今週、まどかが久しぶりに会社に顔を出した。悠真を連れ、総務や第八営業部を回る。圭さんは何度も会っているのに、まどかに同行して悠真を紹介していた。

完全に浮かれている。あんたの子じゃないぞ！

しかし、その晩のことだ。悠真はぐずって寝てくれなくなった。

「いろんな人と会ったからなあ。刺激が多かったんだね」

そう言って笑うまどかは、くたくたに疲れた顔をしている。夕方から、ずっと悠真のぐずぐずに付き合っているのだ。

「寝かしつけは代わるから、一度休め」

「そういうわけにはいかないよ。斗真は明日も仕事なんだから」

まどかは、そう言い張って聞かない。言いだすと頑固だ。

悠真を抱いて揺らし続ける彼女の横顔を見る。目の下には大きなクマ。髪は出産前と比べて明らかに艶がなく、今日も無造作にひとまとめにしていた。肌も爪もあまり構っていないのが見て取れる。

メイクをせずとも美人だが、今日会社に行った以外でメイクをしていたことなんて、この三ヵ月数えるほどしかない。それほど、彼女の生活は愛息子でいっぱいなのだ。

「まどか、疲れただろう」

「平気よ」

「平気じゃないな」

俺は思いきって、まどかの腕から悠真を奪った。ママから引き離され、泣き叫び始めた悠真を揺すりながらリビングに向かう。寝室を出る直前に言った。

「俺は悠真の父親。少しは信頼して任せろ。まどかの仕事は睡眠だ」

電気を消し、まどかを残して寝室を出た。

そこからの俺と悠真の戦いは、筆舌に尽くしがたいものだった。息子は俺そっくりで素直じゃない。眠いなら眠ればいいのに、大騒ぎで泣き続けている。

深夜二時を回った頃、どうにか哺乳瓶からミルクをぐびぐび飲み、電池が切れたように、こてんと眠った。まどかから悠真を受け取って約四時間。

眠った息子を寝室のベビーベッドに寝かせていると、まどかが起き出した。まどかもベッドで気絶するみたいに寝入っていたのだ。

「起こしたか？」

「大丈夫。すごくよく眠れたよ」

ベッドに歩み寄り、俺はまどかの頬を撫でた。俺の欲求より何より、この愛おしい妻が健康で幸せに、何十年も俺の隣にいてくれるほうが大事だ。まどかの一番大変な時期を、俺も少しは肩代わりできるだろうか。

「斗真、ありがとう。悠真を寝かしつけてくれて。救われたよ」

目を細めてまどかが微笑む。それから俺の唇に優しくキスをした。

ああ、今はこれで充分。満足しよう。

「いつも悠真優先になっちゃってごめんね」

「そんなの当たり前だろう」

「斗真、大好きだよ」

そう言ってまどかは俺の首に腕を巻きつけ、もう一度キスをしてきた。しかし、そのキスが……なんというか……。

「ま、まどか」

俺は慌ててまどかの身体を引きはがした。まどかがきょとんとしている。

「あまり挑発的なキスをしないでくれ。我慢が利かなくなる」

すると、まどかの顔が暗い室内でもわかるくらい、かーっと赤くなった。

「あのね……、私なりに……誘惑してるつもり……なんですけど」

その言葉に、俺の顔もかっと熱くなった。まどかが恥ずかしそうにうつむく。

「疲れてるよね。それより、寝よっか」

「いや」

まどかの言葉を制して、俺は彼女の手首を掴んだ。

「まどかが欲しい」

唇を重ね、ベッドに柔らかく押し倒す。杭を打つように両手を重ね、見下ろすと、まどかが興奮で潤んだ目で見つめていた。

愛おしくて愛おしくて、狂おしい気持ちでキスの雨を降らせる。

「我慢、してたの？」

「ああ、すごく。悠真にも嫉妬してた。だけど、まどかを困らせたくないから」

唇で耳朶を食むと、あえかな吐息が聞こえた。

「ん……我慢、しなくていい……私は斗真の強引なところも……我儘なところも……可愛いから好き」

妻に可愛いと思われていることについては複雑だが、まどかはまどかで俺のことをちゃんと考えてくれていることに、胸が熱くなった。

「斗真、いつもありがとう。愛してる」

「俺ものすごく愛してる」

初恋の女。ずっと焦がれて、やっと心が通じた人。

もっと幸せにしたい。俺の腕の中で、一生をかけて。

「とう……ま……」

「もう喋る余裕はやらない」

深く口づけて、強くかき抱くと、まどかの腕が愛おしそうに俺の髪を梳いた。

悠真が起きるまで、束の間、俺とまどかは恋人同士に戻って愛を交わしたのだった。


〈了〉

あとがき

初めまして、砂川雨路です。『身ごもり契約花嫁～ご執心社長に買われて愛を孕みました～』お楽しみいただけましたでしょうか。マーマレード文庫ではデビュー作となる本作、たくさんの読者様に巡り会えたら嬉しいです。

強引に始まる政略結婚ものが書きたい！　そんなふうに思ったのが、このお話のスタートです。

まどかは強く凛々しい女性でありながら、怒りと恨みから斗真に心を開けません。斗真もまた、深くまどかを愛していながら、素直になれず、ふたりの距離は縮まらない……。

だけど、ともに暮らし、相棒として仕事をしていくうち、ふたりの心は寄り添っていきます。さらにまどかのお腹に宿った命が絆を強めてくれます。

山あり谷ありの毎日。すべて乗り越え、ふたりが愛を確信していく過程は、書いている私ももどかしく愛しい気持ちでいっぱいでした。何度も読み返していただけるよ嬉しいです。

おまけには斗真視点の後日談も書き加えました。斗真の溺愛をお楽

最後になりますが、本作を出版するにあたりお世話になりました皆様に御礼申し上げます。

希望ぴったり、最高にキュートなまどかと、格好よすぎる斗真を描いてくださいました漫画家の龍本みお先生、ありがとうございました。カバーデザインをご担当くださいましたデザイナー様、ありがとうございました。

担当のおふたりにも心より感謝申し上げます。またぜひ、お仕事をご一緒させてください。

最後の最後ですが、読んでくださった読者の皆様に感謝を申し上げ、筆を置きたいと思います。ありがとうございました。

砂川雨路

ーマレード文庫

身ごもり契約花嫁
～ご執心社長に買われて愛を孕みました～

2020年12月15日　第1刷発行　定価はカバーに表示してあります

著者　砂川雨路　
発行人　鈴木幸辰
発行所　株式会社ハーパーコリンズ・ジャパン
東京都千代田区大手町1-5-1
電話　03-6269-2883（営業）
0570-008091（読者サービス係）
印刷・製本　中央精版印刷株式会社

ISBN-978-4-596-41379-6

m a r m a l a d e b u n k o